# 불빨

화염포식자

15

이루다 현대판타지 장편소설

dream books
드림북스

# 불빨 – 화염포식자 15

**초판 1쇄 인쇄** 2017년 10월 24일
**초판 1쇄 발행** 2017년 11월 3일

**지은이** 이루다
**발행인** 오영배
**기획** 박성인
**책임편집** 이신옥
**일러스트** 최단비
**표지 · 본문 디자인** 권지연
**제작** 조하늬

**펴낸 곳** (주)삼양출판사 · 드림북스
**주소** 서울시 강북구 도봉로 173
**대표 전화** 02-980-2112 **팩스** 02-983-0660
**편집부 전화** 02-980-2116 **팩스** 02-983-8201
**출판등록** 1999년 3월 11일 제9-00046호



ISBN 979-11-283-9117-0 (04810) / 979-11-313-0589-8 (세트)


+ 이 도서의 국립중앙도서관 출판시도서목록(CIP)은 서지정보유통지원시스템홈페이지(http://seoji.nl.go.kr)와 국가자료공동목록시스템(http://www.nl.go.kr/kolisnet)에서 이용하실 수 있습니다. **(CIP제어번호: 2017027360)**

**드림북스**는 (주)삼양출판사의 판타지 · 무협 문학 브랜드입니다.

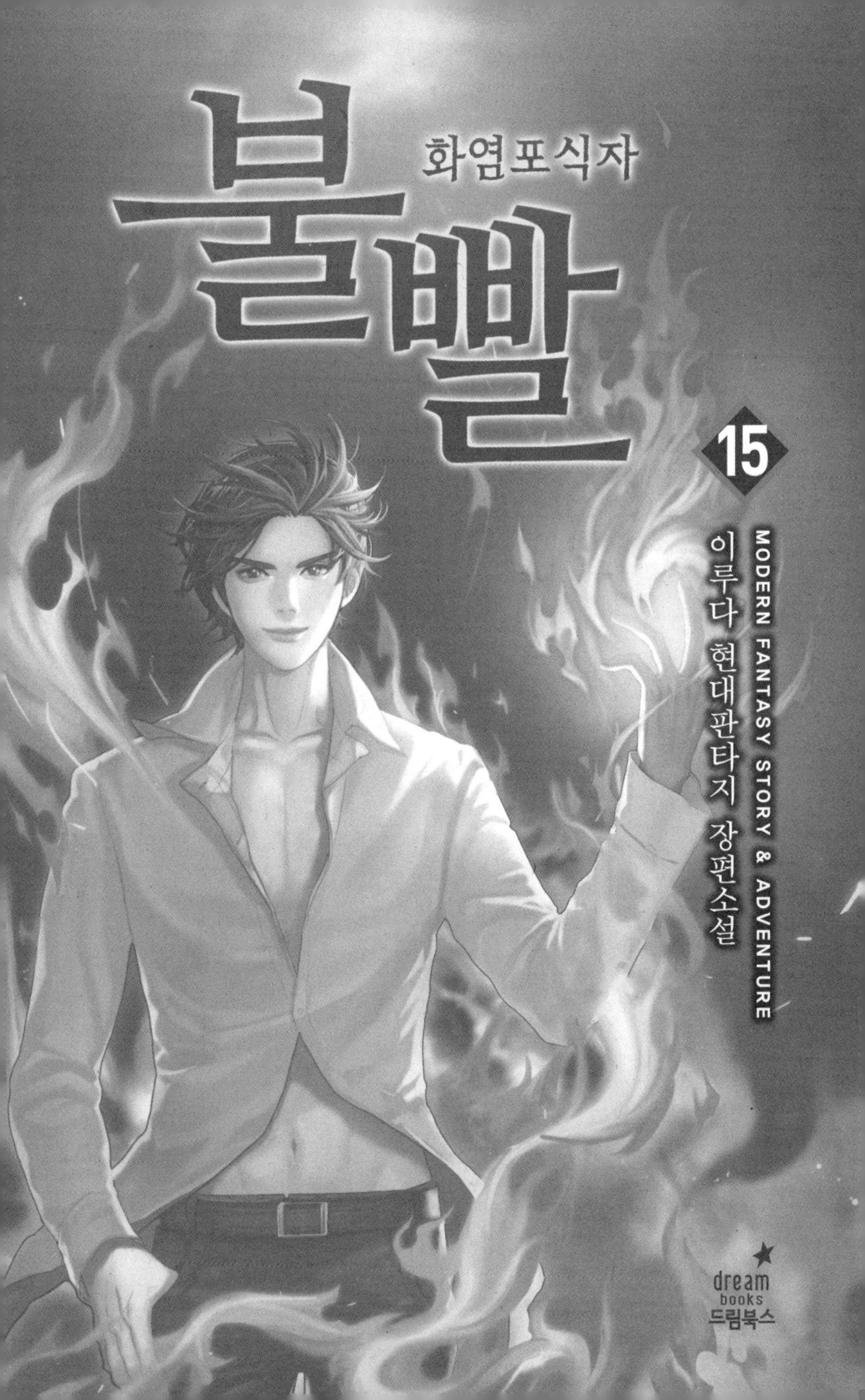
불빨
화염포식자
15
MODERN FANTASY STORY & ADVENTURE
이루다 현대판타지 장편소설
dream books
드림북스

# 목차


Chapter 1. 철저하게! 007

Chapter 2. 정반대 033

Chapter 3. 격렬! 또 격렬! 059

Chapter 4. 삐걱, 삐걱, 비틀 083

Chapter 5. 복수의 달콤함 109

Chapter 6. 삶이란 항상 예상 밖 135

Chapter 7. 스틸러! 161

Chapter 8. 극적인 변화 187

Chapter 9. 도착하다! 213

Chapter 10. 괴이한 239

Chapter 11. 격의 차이 267

Chapter 12. 격의 포기 295

Chapter 13. 전후(戰後) 323

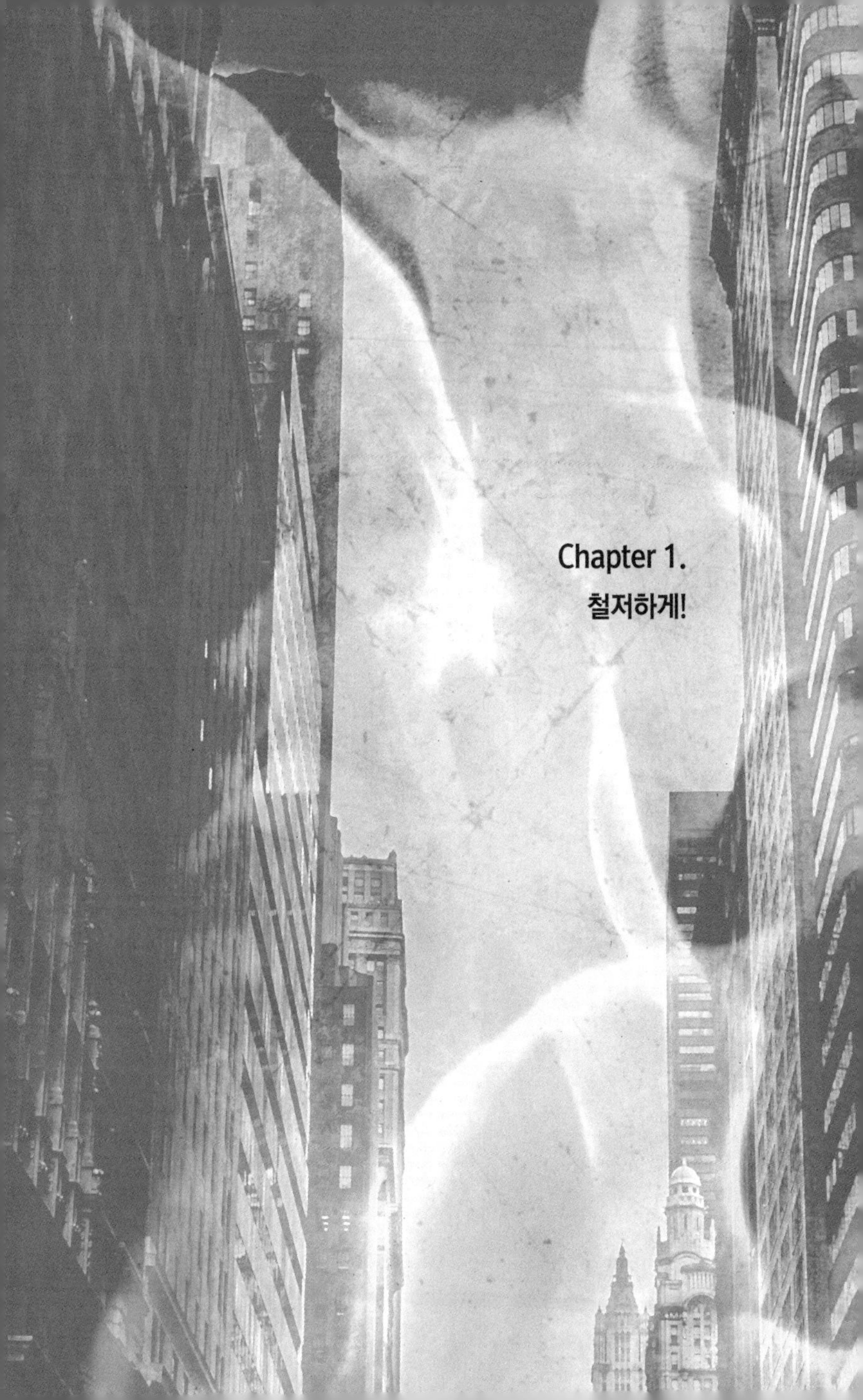

# Chapter 1.
## 철저하게!

주은영은 과연 철저했다.

오직 돈만이 그녀의 모든 것은 아니었다. 그녀의 상대였던 자들. 그녀를 상대로 반기를 들었던 자들에 대한 정보도 아주 잘 가지고 있었다.

그 정보는 생각 이상으로 아주 세밀했다.

또한 저들이 빠져나갈 기미조차 주지 않을 생각이었는지, 아주 철저하게 준비를 해 놨다.

"이건 생각 이상이군요."

우연찮게 얻은 정보를 본 운이철마저도 인정을 했을 정도였다.

여우의 보물 창고에서 얻은 가장 값진 것은 다른 무엇도 아닌 정보라는 생각이 들 정도였다.

이걸 토대로 한다면, 김기환에게 밀리는 일만 없었어도 그녀가 서부 지역을 차지하는 건 당연한 순리라고 느껴졌을 정도였다.

정보는 곧 힘이고, 힘은 곧 그녀를 서부의 패자로 만들어 줬을 테니까.

하지만 그건.

'이제는 일어날 수 없는 일이지.'

만약에나 일어났을 일. 현실에 만약이라는 건 없다. 그녀는 죽었고, 그 자리를 자라난이 차지한 게 현실이다.

*　　*　　*

그 현실을 남은 잔당들이 마주하게 됐다.

"이쪽부터!"

"알겠습니다!"

이준성, 김민희, 김기환. 셋으로 나눠져 움직이는 자라난은 멈출 줄을 몰랐다.

확실한 정보를 토대로 바로 움직였다.

'좋아.'

앞에 서자마자 인기척들이 느껴지기 시작한다.

분명 처음에는 느껴지지 않았는데, 가까이 가서야 느껴진다. 은신처에 무슨 수작을 부려 놓은 거다.

무슨 수를 써놨는지 몰라도 서부의 조직들은 은신처에 이런 시설들이 많았다.

'흐음…… 과거의 잔재일 수도 있다고 했지.'

운이철의 말대로라면, 경기 서부에서 한창 몬스터와의 전투가 벌어질 적에 이런 은신처들은 대피소로도 쓰였을 거라 말했다.

몬스터들로부터 평범한 시민들이 몸을 숨길 장소로 만들었을 확률이 높다 했다.

하지만 지금에 이르러선, 평범한 자들을 위한 곳이 아니라 범죄자들의 은닉 장소가 됐을 뿐이다.

'아이러니하지.'

세상은 요지경이라지만, 시민을 위한 곳이 범죄자를 위한 곳으로 변하다니. 그것만큼 모순적인 일도 또 없었다.

그리고 그 모순을 깨부수기 위해서.

콰아아앙!

김기환이 한 방을 크게 날렸다.

쿠우웅—

김기환이 날린 한 방에 통짜 쇠로 만들었던 문이 그대로 쓰러져 버린다. 큰 한 방에 이음쇠고 자물쇠고 뭐고 아작이 나버린 거다.

"뭐, 뭐야!"

"적이다!"

안에서 숨을 죽이고 있던 자들.

이미 자라난에게 넘어간 서부에 무슨 미련이 남았는지, 아직도 은신처에서 죽치고 버티던 자들이 당황한다.

그나마 눈치 빠른 자들은 바로 전투태세를 갖추지만.

대다수는 연기가 사라진 뒤에 모습을 드러낸 자를 보자마자 당황을 할 수밖에 없었다.

"컥…… 저 새끼가 왜 저길 와! 여길 어떻게 알고!"

"젠장!"

그들 모두 김기환을 바로 알아봤다. 이곳 서부 지역 이들에게는 가장 유명 인사나 다름없게 된 그를 몰라보는 것도 이상한 일이었다.

그들이 당황을 하든 말든. 김기환은.

"여어. 튀려면 진즉에 튀었어야지. 엉덩이가 그리 무거워서 쓰나?"

여유롭게 손짓을 할 뿐이었다.

당장 눈앞에 보이는 인원만 열이 넘는 이들이 무장을 하고 있었지만, 어느 한 명도 검 하나 빼들지 않은 김기환에게 덤빌 생각을 하지 못했다.

그들의 머릿속에는 단 하나의 생각만 떠올랐을 뿐이었다.

'어떻게 도망치지?'

'어디로!?'

눈알을 뒤룩뒤룩 굴리면서, 어떻게든 탈출구를 찾으려고 하는 모습이 안쓰러워 보일 정도였다.

하지만 김기환이 그런 그들을 놔주랴. 되레 그들의 심리를 파악하고는 바로.

"어딜 도망가시려고?"

화아아아악—

이능력을 뿜어냈다. 순식간에 안이 열기로 가득 찬다. 사방이 김기환의 불로 가득 차버렸다.

전후좌우 그 어디에도 김기환의 불이 없는 곳이 없었다. 어디를 가든 간에 막혀 있었다.

"제, 젠장……."

결국 불이 없는 곳은 하나. 김기환이 서 있는 문뿐.

"……어떻게든 덤벼!"

"죽느니만 못하게 된다고!"

잡히면 그대로 이능력이 '삭제' 되는 걸 알기에 그들도 끝까지 전의를 불태운다.

하지만.

"자자. 처리는 너희들이 하라고. 연습도 해 봐야 할 테니까."

"알겠습니다!"

김기환은 그런 그들을 되레 적도 아닌, 연습 상대로 취급할 뿐이었다.

그가 슬쩍 옆으로 비키자, 어마어마한 인원들이 들어선다. 모두 자라난 길드의 길드원들이었다.

다들 기세가 등등했다. 생각 이상으로 살기를 피워 올리는 자도 있었다.

'끝을 내야지.'

그동안 쌓인 걸 풀기라도 하려는 듯 무기를 꽉 쥐는 품새가 예사롭지 않았다.

서부 지역 전투의 대부분을 김기환과 몇몇이 이끌었다지만, 길드원들도 나름 열을 올렸었다. 덕분에 그들도 정신적인 피로가 쌓일 만큼 쌓인 터.

아무리 자라난이 유리하다지만 전투는 전투니, 피로도가 안 쌓일 수가 없었다.

그런 상황에서 김기환이 떡하니 상을 차려줬는데, 거부할 자가 어디 있겠는가.

"바로 간다!"

"우와아아악!"

단숨에 자라난 길드원들이 거리를 좁혀 들어간다.

"시바! 김기환만 아니면 돼!"

"막아! 아니 뚫어!"

서로가 부딪친다.

콰아아아앙—!

이어지는 폭음. 김기환이 만들어 둔 무대에서 꽤 화려한 쇼가 펼쳐진다.

* * *

그리고 그 쇼는 서부 지역 사방에서 일어났다.

끼이이익—

"내려! 여기다!"

안 그래도 서부의 토박이인 이준성은 차를 이끌고 멀리까지 나왔을 정도였다.

오늘은 정말 거의 모두를 궤멸시키겠다고 마음을 먹은 듯, 이준성의 눈은 꽤나 불타오르고 있었다. 어쩌면 김기환 이상이기도 했다.

하기야 그도 한때는 서부의 패자 중에 하나였지 않은가.

천정, 주은영, 헌터 관리원의 잘 맞춰진 삼박자에 말려서

패잔병 신세가 되었던 게 얼마 전의 일이다.

원한은 평생을 가도 잊혀지지 않는 법인데, 얼마 지나지 않은 지금 그 원한을 잊을 리가 없었다.

이준성. 그리고 그 패거리 모두 원한에 제대로 불타고 있었다.

그리고 그 상태로.

"다 부숴버려!"

눈이 시뻘게져서 달려들어 간다. 패거리가 순식간에 은신처를 뒤지기 시작한다. 김기환처럼 폭음을 만들어내지는 못해도 정보를 토대로 제대로 공략을 해 가고 있었다.

"어떻게든 막아!"

적도 분전을 한다. 아무래도 김기환보다는 이준성이 낫다 생각하는 건지, 기세를 끌어올리는 자도 있었다.

어떻게든 뚫으려는 생각이 눈에 보였다.

하지만 승부는 이미 이곳에 이준성의 패거리가 들어설 때부터 결정된 거나 마찬가지였다.

주은영이 쌓아놓은 정보에 운이철이 짜 놓은 작전만으로도, 잔당을 처리하는 일은 이미 끝이 났다고 봐도 무방했다.

하지만 이준성은 거기에 만족할 생각이 없었다.

'그 정도로는 안 되지.'

그것만 가지고는 성이 안 찼다.

좌아악—

자신의 패거리가 모두 들어갈 때까지, 가만 바라보고 있던 이준성이 검을 빼어든다.

시원스레 뽑아지는 검의 검날은 시리도록 투명하게 빛나고 있었다.

"놀아볼까?"

우우웅—

이준성의 말에 검이 대답하듯 부응한다.

그리고 그가 검에서 손을 놓는 그 순간.

좌아아아악— 좌악!

검이 스스로 떠올라 순식간에 수십의 검으로 나눠진다.

순식간에 검이 수십이 됐다. 그것도 한 자루, 한 자루의 예리함이 멀리서까지 느껴지는 명검들이었다.

그건 검해(劍海)였다. 검으로 만들어진 바다.

검해의 호위를 받으며 이준성이 안으로 들어선다. 결착을 맺기 위해서.

*　　*　　*

잔당들을 상대로 한 쇼가 밤새 이뤄졌다.

김민희. 김기환. 이준성. 처음 셋으로 나눠졌던 패거리들은 시간이 갈수록 더욱 잘게 쪼개져 나아갔다.

쪼개졌다고 약해진 게 아니었다.

이능력의 모든 조합. 서로 맞춰온 손발. 쌓아 온 경험.

이런 것들이 모두 합쳐진 그들은 수가 적다고 해서 결코 약하지 않았다.

"……여기가 마지막이다!"

"돌입!"

여기저기서 불꽃쇼처럼 불타오른 자라난은 아주 확실하게 쇼를 마무리 해 나갔다.

콰아아앙—!

이능력의 조합으로 은신처 자체를 폭발시키기도 하고.

또 때로는.

"제압해. 여기는 얻을 게 더 있다고 했으니까."

"알겠습니다!"

주은영이 남겨 놓은 것을 이용해서 한탕 크게 해냈듯이 또 다른 것을 얻기 위해서 제압만을 하기도 했다.

"크아아아악!"

물론 제압을 당한 자에게 이능력의 '삭제'를 직접 체험시켜 준 건 덤이었다.

그날 밤이 지나갔을 때.

"……남은 놈들은?"

"도망갔겠죠. 생각보다 크게 일을 벌였지 않습니까?"

"그도 그렇네……."

마지막의 마지막에까지 남은 잔당들. 서부를 더럽히던 기생충들을 거의 전부 처리해 낸 자라난이었다.

적어도 당장 서부 지역의 음지만큼은 한국의 그 어디보다 깔끔하다고 자랑스레 말할 수 있을 정도의 성과!

하지만 기뻐하지만은 않는 자라난이었다.

'뭐 언젠가는 다시 또 반복되겠지.'

양지가 있으면 음지가 있고, 썩은 싹은 언제고 자라나곤 하는 법이었다.

지금 당장은 서부가 깨끗해졌다고 하더라도, 앞으로 새로운 기생충들이 또다시 모습을 드러낼 건 당연한 이야기였다.

당장만 하더라도.

"……천정의 동향은?"

"아직은 조용합니다. 밤새 일어난 일을 알 텐데도요."

"흐음……."

겉으로는 깨끗한 길드를 표방하면서, 속은 제대로 썩어 있는 천정 같은 자들도 있지 않은가.

'위선자 새끼들이지.'

그런 위선자들은 처리하기가 힘든 법이다.

겉으로는 깨끗하고 고매한 척하며, 뒤로는 호박씨나 까는 뒤가 구린 놈들은 자기 자신을 아주 잘 지킬 줄을 안다.
그래도 언제고.

'처리하면 돼.'

차분히 짓밟아 주면 됐다. 그들이 뒤가 구린 부분들을 쑤시고 또 쑤셔서, 부수면 될 일이었다.

그를 위한 바탕을 범죄 조직들을 처리함으로써 아주 제대로 쌓은 김기환이었다.

음지의 일은 당장은 마무리가 된 셈이었다.

"자, 그럼 이제 슬슬 더 키워 볼까."

음지에서 자란 잡초들을 다 치웠지 않나. 주은영의 것을 얻어 양지를 쑥쑥 자라게 할 비료도 얻었다.

그런 남은 게 뭐겠는가?

*　　*　　*

양지를 가꾸는 거다!

지금까지 제대로 발전하지 못한 경기 서부. 그곳을 제대로 발전시키기 위한 움직임이 시작됐다.

작은 크기가 아니라 아주 큰 스케일로!

*　*　*

"그런데 저놈들이 도움이 된다고요?"

"물론입니다."

"흐음…… 그래 봐야 이제는 무능력자들이니, 단순한 인력으로나 겨우 써먹을 수 있겠는데요."

저놈들. 겨우 구한 건물 지하를 가득가득 채우고도 남는 놈들은 전부 요 사이 처리한 잔당들이다.

그 전에 처리한 자들이야 이능력을 삭제하고는 그대로 풀어주거나 하는 식이었지만, 이번에는 아주 싸그리 잡아왔다.

'이준성이나, 김민희는 비협조적이긴 했지.'

물론 다 잡아올 수 있었던 건 아니다.

나와 길드원들이 처리한 자들은 대부분 잡아왔지만, 문제는 나머지.

본래부터 적에게 잔인한 성격으로 유명한 김민희나, 저 잔당들에 원한이 있는 이준성 쪽은 잡아 오기는커녕 대부분 처리를 해버렸다.

꼭 필요하다고 남긴 자들을 제외하고는, 본부로 데려오

지도 않았다.

잔당을 처리했는데 데려오지 않았다는 말이 무엇을 뜻하겠는가.

'죽었겠지.'

원한 때문에라도 죽였을 것이 분명하다. 아주 쥐도 새도 모르게 처리를 했을 거다.

어쩐지 요즘 들어 이준성의 검이 붉은빛을 띠는 것 같은 것도 착각이 아닐 거다. 분명히.

어쨌거나 이준성이나 김민희가 비협조적인데도 불구하고 잡아온 놈들은 꽤 됐다.

이 큰 건물 지하를 가득 채우고도 남을 정도.

그걸 운이철은 제대로 쓸 예정인 듯했다.

안 그래도 여러 가지를 분석하느라 바쁜 주제에, 손수 지하까지 내려왔을 정도다.

"당장은 단순 인력밖에 되지 않을 거긴 합니다."

"문제는 숙련되지도 못했다는 거겠죠. 뭐."

"그렇지요."

저들은 이능력자였다. 범죄에나 이능력을 쓰는 아주 썩어빠진 이능력자들. 그런 자들의 이능력을 친히 전부 삭제해 준 상태다.

인력으로 부려 먹을 수 있기는 하지만, 전문 기술이 없으니 제대로 된 인력이라고 보기도 힘들다.

소위 말하는 노가다라고 하는 게, 말이 쉽지 실제 제대로 하려고만 하면 그만큼 힘든 일도 또 없다.

생각 외로 전문 기술이 필요한 것들도 많다.

그러니 저들은 끽해야 힘 좀 쓰는 그런 일에나 쓸 수 있다. 노하우가 필요한 일에는 쓰지도 못한다.

그런데 운이철은 자신만만했다.

"당장은 그렇겠죠. 당장은요."

"그럼 앞으로는요? 설마……."

"곧 그 '준비' 도 끝납니다."

역시 자신만만한 이유가 있었다.

'벌써 됐다고?'

우리가 착해서 저들을 살려 둔 것이 아니다. 이능력을 삭제하고도 데리고 있던 이유는 분명 있었다.

'언제고 써먹기 위해서지.'

화살받이든 뭐든 언제고 일어날 그때를 위해서 살려둔 것이나 다름없었다.

하지만 써먹기 위해서는 '준비' 가 필요했다.

천재인 운이철로서도 여러 가지로 복잡한 준비가 필요했기에, 아직 한참은 시간이 더 걸릴 거라고 봤다.

그런데,

"호오? 꽤 오래 걸린다고 하지 않았어요?"

"이번에 얻은 것들이 꽤 도움이 됐습니다. 주은영으로부터 얻은 자료도 도움이 됐죠."

"그 여자의 자료가요?"

"예. 생각외의 내용이었습니다. 덕분에 일이 빨라지기는 했죠."

"대체 그 여자 뭔 짓을 하고 다닌 겁니까?"

"저희가 하는 '준비'와 비슷한 일에 당한 거뿐입니다. 어떻게 보면 불쌍하죠."

"흐음…… 뭐 어쨌건 도움은 된 거군요."

이번 일 덕분에 얻은 걸로 그 속도가 한참은 빨라진 느낌이다.

'복덩이라 해야 하나…….'

끝까지 살아남아서는 방해물만 되더니, 처리를 하고 나서는 주은영이 남긴 것이 생각 이상으로 도움이 되고 있었다.

전부터 추진하고 있던 그 '준비' 중 하나에 도움이 될 줄은 정말 상상도 못 했다.

그렇다면야.

"으으……."

"사, 살려주십쇼! 시키는 건 뭐든 다 할 테니까…… 제발요!"

저 이능력이 삭제되고 나서부터는, 아주 비루한 망아지처럼 변해버린 저놈들도 써먹을 때가 생겼다는 말과 다름이 없었다.

'좋군.'

다만 그때까지는 일꾼으로 써먹을 뿐이었다. 아주 잘 부려먹을 일꾼으로!

*　　*　　*

일꾼이 왜 그리 많이 필요하냐고?

"하핫, 일단 몇 명 데려왔네."

이호준 덕분이다.

경기 서부의 양지, 겉으로 드러난 경기 서부를 발전시키겠다는 계획. 그 계획에 선뜻 참여를 해 준 이호준은 생각 이상으로 발이 넓었다.

그리고 그 결과로 고작 며칠이 지났을 뿐인데, 그는 공사에 참여할 장인을 여럿 데려왔다.

"이놈에게 얘기는 들었네. 큰 공사라지?"

"예. 그런데 괜찮겠습니까? 여러 가지로 알려질 텐데요."

저들이 자신들을 숨기는 이유.

이능력으로 이런 일을 하는 것이 잘 받아들여지지 않기 때문. 여론이란 게 무섭기에, 천직처럼 이런 일을 하면서도 자신들을 드러내지 못하고 있었다.

아는 사람만 아는 상태로 알음알음 일을 진행해 왔을 뿐이다. 그도 아니면 일반인들은 가기 힘든 아주 위험한 곳에서 공사를 진행하거나.

이를테면 이준혁이 가진 기지들도 이런 자들의 작품.

'이능력이 없으면 힘들었겠지.'

하긴 생각해 보면 몬스터들이 달려드는 와중에, 인간을 위한 시설을 만들어내는 건 이런 자들이 아니면 불가능에 가까울 수밖에 없었다.

이능력으로라도 공사를 빠르게 앞당겨야 했다.

하지만 그건 어디까지나 위험한 험지에서나 취급되는 일.

경기 서부에서 이런 일을 진행하면 역시 꽤나 많은 욕을 얻어먹을지도 몰랐다. 여러 가지로 방해도 있을지도 모르고.

그런데 그들은 웃어넘기고 있었다. 되레 재밌다는 눈치였다.

"킥. 은퇴하기 전에 마지막 큰 작품 하나 만든다고 생각하면 되지!"

"경기 서부 전체가 도화지라고 하지 않았나? 우리가 세우고 싶은 것들을 세울 수 있는 곳이라고 들었다고. 아닌가?"

"……뭐 맞기는 합니다만은. 적어도 저희 영역만큼은 여러분들이 책임지시는 거지요."

내가 다 당황스러워할 만큼, 이호준이 데려온 자들은 전부 천상 장인인 느낌이었다.

"그럼 된 거 아닌가?"

"우리는 우리가 만들고 싶은 걸 만들고, 자네는 그 토대를 마련해 주는 거지. 요즘 말로 서로 윈윈한다고 하지 않나?"

이번 기회로 자신들이 만들어 내고 싶은 것들만 만들어 낼 수 있다면, 뭐든 버텨낼 의지가 보였다.

'대체 지금까지…… 어떻게 참은 거래?'

여태까지 자기 능력을 최대한 꼭꼭 숨기고 살던 이들이 아닌가.

대체 무슨 바람이 불어서, 이렇게까지 적극적인가 싶을 정도다. 이해가 안 갈 정도. 하지만 분명 이들의 눈은 진심이었다.

여기서 아니라고 말하면, 나한테 덤벼들기라도 할 기세

였다.

결국 내가 말할 답은 이미 정해져 있었다.

"맞습니다. 여러분이 책임지는 거지요."

"그래. 그렇다는 거지."

서로가 서로를 바라본다. 뭔가 눈빛이 변한다. 경쟁하는 자의 눈빛이었다.

가장 먼저 나서는 건 역시 이호준이었다.

"그럼 내가 여기를 맡지. 중심은 내 거야."

"어허이. 그렇게 치사하게 나와서야 쓰나. 흠…… 뭐 그래도 먼저 자리 잡았었으니, 우리는 동쪽으로 하지."

"그럼 우리는?"

"자네는 장벽이나 쌓아. 그게 자네 특기 아닌가."

"제길!"

이호준이 나서자 뒤를 이어서, 모두가 나서기 시작했다.

그리곤 내가 말하기도 전에 순식간에 자신들끼리 영역을 정해 버렸다.

'뭐야 이거…….'

일의 진행이 너무 빨라서 내가 다 당황스러울 정도.

열을 올리면서, 이런 건물은 자신이 전문이니, 또 이런 건물은 너보다 내가 나으니 하면서 열을 올리는데 그 모습이 퍽이나 인상 깊었다.

'장인 어른이랑 비슷하구만…….'

장인 어른 한철. 그 괴팍하기 그지없는 장인 어른이 나도 모르게 떠오를 정도였다.

"그래. 그럼 그렇게 하자고!"

"알았다! 이번만 내가 양보하는 거야!"

"아무렴!"

그러곤 순식간에 회의까지 완료.

공사현장에서 일하는 자들이 화통하다는 이야기는 들었지만, 이건 정도가 좀 심했다.

한 시간도 되지 않아서, 이 서부의 영역을 나누고 공사를 선택하고 뭘 지을지까지 자기들끼리 마무리를 해버렸다.

시간만 좀 더 쥐어주면 생각 외로 시간이 걸린다는 설계도 금세 해낼 기세다.

그렇게 자기들끼리 북 치고 장구 치고를 다 해놓고는.

"길드장. 그럼 바로 진행해도 되지?"

"네? 조금은 당황스러운데요?"

"허 참. 원래 이런 건 빨리빨리 하는 거라고. 아 그렇다고 걱정은 마. 빨리해도 부실 공사는 아니니까!"

"……어쩔 수가 없네요. 일단은 알겠습니다. 바로 사람도 지원해 드리죠."

"그래. 믿겠다고! 자자, 이동하자고!"

넉살 좋게, 나를 설득해서는 바로 이동을 시작해 버린다.

'무슨 번갯불에 콩 구워 먹는 것도 아니고…….'

이런 식으로 빠르게 진행이 될 줄이야.

안 그래도 레이드까지 시간이 얼마 안 남아서 이쪽도 빠르게 일을 진행하기는 해야 했다.

그래도 이건 좀 상상 이상이다.

'좋은 결과긴 한데…….'

순식간에 서부에 공사를 진행하는 게 처리가 되었으니, 분명 나로서는 최상의 결과를 얻은 셈이다.

그런데 어째 약간 껄쩍지근했다. 그래도 좋은 게 좋은 거 아닌가.

"잘하겠지."

그 이호준 소장이 데려온 자들이다. 다들 한철처럼 장인의 눈을 한 자들이었다. 그런 자들이 일을 엉망으로 할 리가 없었다.

나로서는 다음을 향해서 바로 준비를 할 수 있는 시간을 벌었다.

당황했던 마음을 가다듬고서.

"운이철이나 다시 보러 가야겠군."

다음 레이드 작전도 브리핑할 겸, 운이철에게로 다시 가려는 찰나.

"어?"

저 멀리서부터 익숙한 기세가 느껴졌다. 길드원의 기세는 아니었다. 이건 적의 기세였다.

기세는 점차 이쪽을 향해서 가까워졌다.

"대체 저놈이 여길 왜 와?"

내가 당황을 하든 말든 그는 나를 향해서 다가왔다.

"오랜만이군?"

불청객이라고 할 수 있는 자가, 기세등등하게 찾아들어왔다.

나로서는 지금 타이밍에 볼 거라곤 생각지 못한 예상 외의 방문이었다.

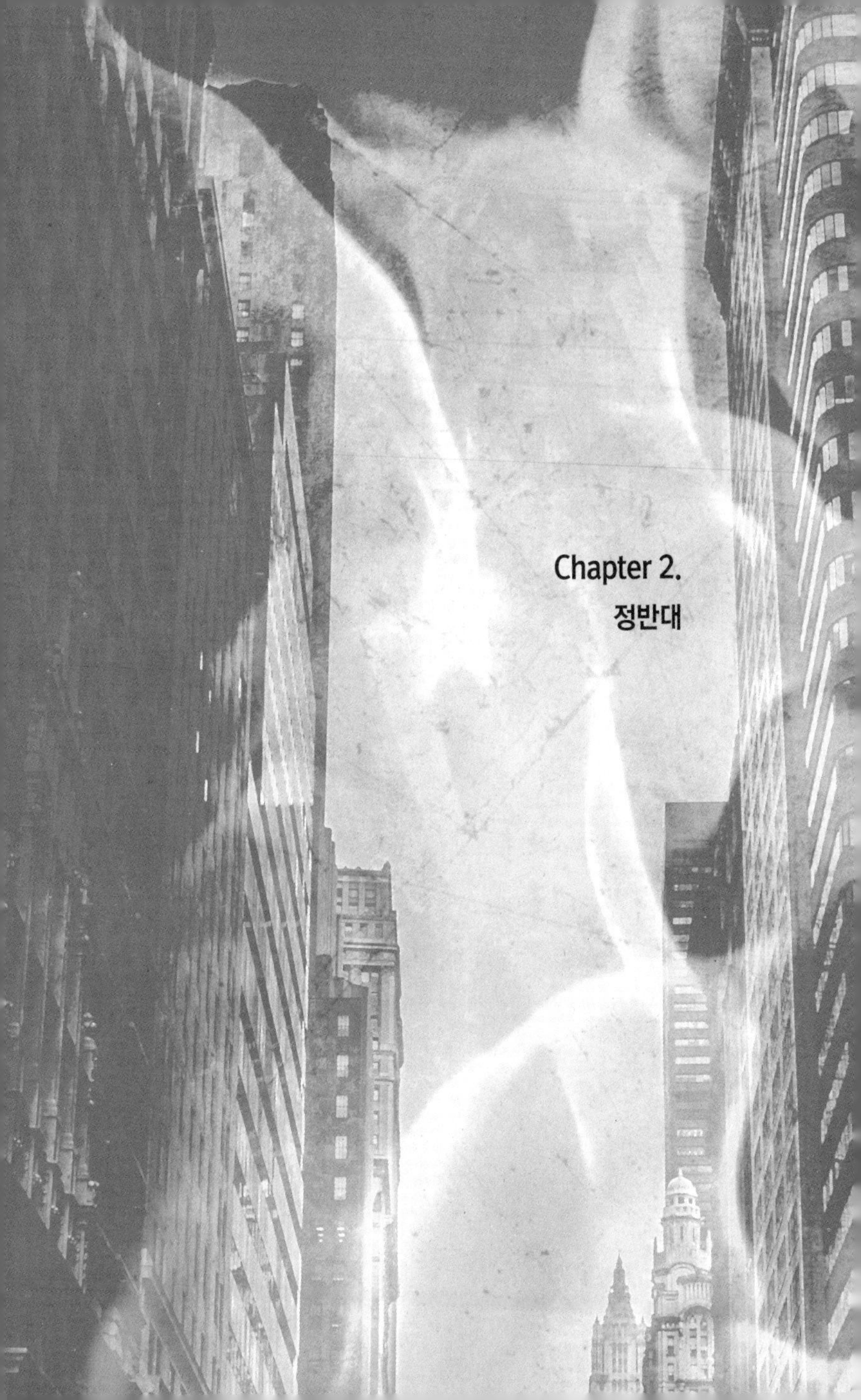

# Chapter 2.
## 정반대

"그래. 무슨 일인데?"

"손님을 이렇게 맞이하나? 안에서 이야기하지?"

"흐음……. 좋아."

찾아 온 이는 정상수였다. 그를 바로 본부로 데려갔다. 이호준을 비롯한 이들은 눈치껏 빠져줬다.

안으로 바로 들어섰다.

"……."

말은 하지 않지만, 정상수가 조금은 놀라는 게 느껴진다.

그의 생각 외로 본부가 잘 꾸며져서 그럴지도 몰랐다. 아니면 지나가는 길드원들의 수준을 보고 놀랐거나.

어느 쪽이든 간에 좋았다.

적이라고 할 수 있는 정상수의 심리적인 동요는 우리에게 좋은 쪽으로 작용을 할 테니까.

걸음의 속도를 조금씩 늦춰 들어선 안.

풀썩 의자에 앉았다. 손짓으로 가리키니 그제서야 정상수도 맞은편에 앉는다. 대화할 분위기가 순식간에 만들어졌다.

"다시 물어봐야겠네. 무슨 일인데?"

"제안을 하려고 왔다."

"제안이라? 너랑 나랄 제안할 일이 있나. 어차피 전에 내기도 제대로 지키지 않았잖아?"

"좀 꼬였을 뿐이다."

내기 이후 방송도 하겠다던 약속은 지켜지지 않았다.

아직 이쪽에서 이야기를 꺼내지 않았지만, 이프리트를 상대하던 당시에 여러 가지로 챙겨간 것도 알고 있다.

정확히는 천정 쪽이 아니라 제니스에서 투입된 자들이 챙겨간 거지만, 이쪽에서야 거기까지는 알 바 아니었다.

그리고 마지막으로 가장 중요한 건.

'시간이 문제지.'

진즉에 왔으면 또 모르겠다.

주은영을 잡은 지가 벌써 며칠이다. 주은영을 잡기까지

도 꽤 시간이 걸렸다. 여우가 계속해서 도망을 쳤으니까.

호텔에서의 사건으로 한 방에 일망타진하긴 했지만, 지나간 시간이 다시 돌아오는 건 아니었다.

고로 이미 많은 시간이 흐른 상태다.

덕분에 한철은 찾아가 보지도 못했다. 그를 합류시키려면 어서 설득을 해야 하는데도, 또 다음 레이드 이후로 미뤄졌다.

그런 상황에서 제안이라?

거기다 전의 약속도 지키지 못한 상태로 제안을 하는데 당당하기까지?

'어이가 없네.'

누구 말대로 맷돌 손잡이라도 빠진 느낌이다.

이건 거절을 해야 했다. 얻을 것도 없는데 대뜸 상대가 제안을 한다고 받아들일 바보는 아니다.

어차피 레이드에 관련된 걸 텐데, 이쪽에서 꼭 받아들일 이유도 없었다.

당장 내일이 레이드인데, 여기서 내기까지 걸어버리는 것도 웃기는 일이었다.

그런데.

"한 방에 모든 걸 걸자."

"한 방?"

"그래. 한 방. 네 자라난 길드. 내 길드. 전체. 아니, 정확히 내 길드에 남은 모든 것까지 다. 어때?"

정상수가 꽤나 강한 한 방을 걸어온다.

올 인을 한다고 한다. 자칫 길어질 수도 있는 싸움을 한 타에 끝내자 말한다.

'어쩐다?'

무조건 거절이었던 나로서는 순간 솔깃할 만한 상황이 돼버렸다.

게다가 그 뒤로 이어지는 자세한 이야기는 꽤나 흥미롭기까지 했다!

* * *

모든 것을 다 들은 후. 일단 그를 보냈다.

"좋은 소식 기다리지."

이미 내가 할 대답을 알고 있다는 듯이, 비릿한 웃음을 지으며 나가는 정상수였다. 꽤 자신만만했다.

'확 거절을 해버려?'

하는 생각이 들기는 하지만, 그래도 그가 말하는 것이 꽤 솔깃했다.

제대로 지킬지는 계약서를 작성하면 될 일. 설사 계약서를 작성하고 지키지 않는다고 하더라도.

'명분은 이쪽의 것이 되지.'

저쪽을 압박하는 데 그 계약서를 잘 이용하면 된다.

이를테면 언론 플레이랄까.

거대 길드들이 언론도 장악을 했다지만, 아닌 곳도 분명 있다.

그곳에 거대 길드의 끄나풀이나 다름없는 천정이 계약도 지키지 않는다는 떡밥을 던져주면 어떨까? 꽤 재밌는 떡밥이 될 거다.

그거 외에도.

'무조건 타격은 들어가겠지.'

이쪽이 이기기만 하면, 우선 레이드에 관련된 수확물은 전부 몰수할 수 있다.

전에 이프리트 때 그러했던 것처럼, 현장에서 바로 뺏어버리면 될 일이다. 그렇게 되면?

한 번이야 어찌 버텼지만, 두 번은 힘들 거다.

지금도 힘들다고 들었는데, 그때 가서는 완전한 자금난에 빠져버리겠지!

'쏠쏠한데…….'

생각하면 할수록 재미있는 제안이었다. 이쪽에서 흥미가 돋는 제안이기도 했다.

다른 사람들도 마찬가지인 듯했다.

“나는 찬성! 어차피 한 번 이겼는데 또 질라고?”

“으음……. 저는 조금 모르겠는데요?”

“저는 지르는 쪽이요!”

“흐음…….”

허웅, 마동수, 한서은 모두 찬성. 이서영은 중립. 기타 간부 자리 하나씩 차지하고 있는 자들도 대부분 찬성이었다.

하지만 의외로 운이철은 한참 뜸을 들였다.

“…….”

모두가 그의 침묵이 깨어지길 기다렸다.

결국 마지막의 결정은 내가 내린다고 하더라도, 운이철의 계산 능력이 뛰어나다는 것은 여기 있는 자들은 모두 알고 있는 사실이었다.

그렇다 보니 기다리는 거였다. 적어도 그가 이번 일의 효과를 계산할 때까지 기다릴 정도의 여유는 충분히 있었다.

사람들의 시선이 부담스러울 법도 한데 운이철은 끊임없이 눈을 빛내며 침묵을 유지할 뿐이었다.

그러다 금세 침묵이 깨졌다.

그 뒤 확인하듯 물어왔다.

“각자 이미 준비한 레이드 몬스터에 대한 정보 공유. 그 뒤에 누가 먼저 잡느냐를 삼판 이선승제로 보자. 이게 핵심이었죠?"

"맞을 겁니다. 서류로도 확인이 되고요."

이해를 못 해서 묻는 게 아니었다.

여기 있는 사람들도 이해를 하도록 설명을 겸하려고 말하는 게 분명하다. 그도 아니면 그의 생각을 더 정리하기 위해서 말하며 정리하는 걸 수도 있었다.

어느 쪽이든 지금의 대화는 중요했다.

"삼판 이선승제라……. 한 번의 레이드도 힘든데 두 번은 쉬운 일이 아니긴 하죠. 잘하면 세 번도 가고요."

"설마 세 번까지 갈까요?"

"천정에서도 준비를 꽤 했을 겁니다. 그러니 한 번 정도는 저희가 질 수도 있겠지요."

"흐음……."

운이철의 말대로 저들도 준비는 꽤 했을 거다. 이번이 그들에게 마지막 기회일 수도 있으니까.

내기의 요지는 삼판 이선승제.

한 번도 힘든 레이드를 이번 한 방으로 끝을 내자고 한다. 그게 쉬울 리가 있겠는가?

'절대 아니지.'

쉬울 수가 없다. 이쪽이야 각성체를 집어먹은 자들이 수

두룩한 데다가. 이준성 같은 규격 외적인 존재가 있다지만, 천정도 과연 그럴까?

"천정이 그럴 능력이 있겠어요?"

"그들만이라면 안 되겠습니다만은……. 그래도 지원군이 왔잖습니까?"

"흐음……. 그렇다면 역시 운이철씨는 반대?"

"아뇨. 어렵기는 하겠지만 질 거라는 생각은 안 드니, 찬성입니다. 대신."

마지막에 뜸을 들이는 운이철이었다.

"대신에?"

그 대신이라는 말에 어떤 조건이 붙을 게 분명하다.

'설마…….'

이런 패턴은 처음이 아니기에, 뭔가 느껴지는 바가 있었다. 정말 설마 하는 느낌이었다. 그리고 그 설마는 맞아떨어졌다.

"……길드장님이 좀 뒹굴어야죠."

"젠장!"

어째 이번에도 내 희생(?)이 뒷받침 될 상황이었다!

* * *

"흐아암……."

하품하는 모습도 귀여울 줄이야. 밤새 이어진 회의에 꽤 피곤해 보이는 이서영이었다.

"아?"

"힘내요. 고생했어요."

그녀의 어깨를 툭툭 쳐줬다. 너무 지쳐 보여서였다.

그녀의 눈이 댕그랗게 변한다. 내가 먼저 이렇게 나설 줄은 생각도 못 했다는 표정이었다.

"왜 놀라요?"

"으으음…… 기환 씨가 발전을 해서?"

"발전요?"

"그런 게 있어요. 그런 게……. 후후. 그래도 덕분에 힘이 나네요."

이서영이 환하게 미소를 짓는다.

역시 그녀가 미소를 지으면 주변이 다 환해지는 느낌이었다. 예전이나 지금이나 그녀의 미소는 아름다웠다.

"그럼 갈까요?"

"네!"

그녀와 마주 걸어간다. 함께. 오늘을 위해서 기다리는 길드원들이 있을 곳으로.

한참을 걷던 중 그녀의 목소리가 들려온다.

"기환 씨도 힘내요. 언제나처럼요."

"후후. 그래야죠."

밤샘 회의. 회의로 어깨가 조금 무겁기는 했다. 하룻밤을 새웠다고 힘든 것은 아니었다. 그런 걸로 힘들기에는 지금까지 쌓은 힘이 아까웠다.

대신에.

'정신적인 압박감이지.'

육체가 아닌 정신이 힘들었다. 이번에도 또 내가 미친 짓을 벌여야 한다는 게 결국 회의의 결론이었다.

물론 다른 이들도 나서지 않는 건 아니었다.

이서영, 한서은, 운이철 같은 각성체를 흡수한 자들도 이번에는 제대로 한몫해 줘야 했다.

하지만 작전의 가장 결정적인 주인공은 이번에도 역시 나다.

내가 제대로 움직여 주지 않으면, 한탕 벌여주지 않으면 안 되었다.

'저쪽도 제대로 준비를 했을 테니까.'

천정이 배수의 진을 쳤으니, 그 진을 깨부수려면 역시 내 힘밖에 없었다.

언제나 그렇듯이 저들이 예상하는 것 이상의 힘을 보여줘야 했다.

그러니 어깨가 무거울 수밖에.

언제나 힘을 내어보지만, 피로가 조금 누적된 거까지는 어쩔 수가 없다.

그래도 지금까지 잘해 온 덕분에 점차 끝이 보이고 있으니 다행이었다. 또한.

"여어! 얼굴이 아주 폈는데?"

"아침부터 커플질이냐? 죽창으로 찔러야겠는데?"

"개소리 마."

"헹!"

이제는 완전히 형제처럼 되어버린 친구들과 길드원들이 있지 않은가.

"오셨습니까!"

"길드장님!"

두런두런 앉아서 이야기를 하고 있던 모두가 나를 바라본다. 수십 명의 시선이 한 번에 꽂히는 그 느낌이란.

'늘 새롭지.'

은근 짜릿한 느낌을 주면서도, 없던 힘을 주는 느낌이었다.

부담? 그런 것은 처음부터 없었다.

"이쪽으로……."

모두가 중심의 자리를 양보한다.

모두가 가장 잘 보이는 상석에 내 자리가 비어 있었다. 레이드를 출발하기 이전이면 항상 한소리 크게 외치고 나가던 그 자리다.

오직 나만의 자리.

그 자리에 올라가 외쳤다. 긴 추임새도, 길고 긴 연설도 준비가 되지 않았다.

나는 나대로 하면 될 뿐이었으니까. 또한 어깨가 무거울지언정, 그 무거운 어깨를 가지고도 이들을 이끌어야 할 자였으니까.

간단히 한마디의 외침이면 되었다.

"이번에 제대로 한탕 해보자고!"

"우오오오!"

"덤벼드는 놈들 다 때려부수고! 그러니 얘들아!"

쓰윽— 나를 바라보는 자들의 얼굴을 하나하나 주시한다. 모두를 시야에 담는다. 그리고 외친다.

"가자!"

가자고.

한탕 제대로 땅겨보자고!

*　*　*

김기환의 자라난은 환호 일색이었다.

레이드를 감에도 과한 긴장을 하거나 하는 기색이 전혀 없었다. 방심을 하는 건 아니었다.

다만 그들은 그들 자신을 믿었다.

서부 지역의 밤과 전투를 벌이면서도 그들은 끊임없이 훈련을 해 왔다.

어쩔 수 없이 전투에 참여하곤 하는 간부진들을 제외하고, 일반 길드원들은 계속해서 일이 주어졌다.

파티 사냥은 기본. 그룹 단위의 공격에 대한 수련. 자기 개인에게 주어진 수련까지.

자라난 길드원들이라면 누구나 하는 거였지만, 어느 길드나 이런 식으로 체계적으로 가르쳐 주지는 않는다.

그런 걸 해냈다. 거기다 가장 중요한 건.

"이번에도 제대로인가?"

"듣기로 최소 두 번 레이드라는데?"

"와. 그거 미친 짓 아니냐?"

"어떻게든 해 주겠지. 길드장님이."

"그것도 그렇네."

길드장인 김기환이 있지 않은가.

이미 몇 번이나 멋지게 활약을 해준 김기환이다.

예전의 찌질함은 이제 기억도 나지 않을 만큼 성장한 그는 몇 명 아니 몇십 명을 자신의 어깨에 짊어지고도 버텨내는 믿음직한 길드장이었다.

'우리가 설사 밀릴지라도…….'

'채워 줄 거다.'

그들의 부족함을 김기환이 채워줄 거란 믿음이 있었다.

그가 아니더라도, 그의 동료들. 길드를 만들기 전부터 함께해 왔던 자들과 이제는 제법 강해진 길드 초기의 길드원들의 실력을 믿는다.

그들은 시간을 들인 만큼 꾸준히 성장했고, 이제는 어디에 내놔도 부족함이 없는 헌터들이 됐다. 다들 강했다.

홀로 강하지 못하면, 힘을 합쳐서라도 강해졌다. 그러니 믿을 수밖에 없었다.

그렇기에 아무런 긴장 없이 갈 수 있는 거였다.

"도착이다. 여기부터는 사냥터니 조금 긴장하는 척이라도 하라고, 모두."

"하하. 옙!"

분위기 좋게 안으로 들어선다.

*　　*　　*

"후……."

"이번엔 어찌 되려나……."

하지만 이쪽은 정반대.

한창 열의를 보여도 부족할 판국에 죽을상을 하고 있었다. 한숨을 푸욱 쉬는 건 차라리 양반이었다.

표정 자체가 죽어버린 이도 있었다. 아주 거무죽죽한 것이 무슨 병이라도 걸린 게 아닌가 싶을 정도다.

하지만 장비를 낀 것으로 보아서 그는 헌터였다.

이능을 가지게 됨으로써 잔병치레는 거의 사라지게 되는 편이다. 그러니 헌터가 병으로 죽을상을 하는 경우는 어지간히 큰 병이 아니고서야 불가능했다.

차라리 정신적으로 힘들어야 저런 표정이 가능할 거다. 실제로 그는 정신적으로 꽤 한계까지 몰려 있기도 했다.

'……어떻게 되려나.'

걱정이 많았다. 앞날에 대한 걱정. 바로 닥친 사냥에 대한 걱정. 그리고.

"……."

괜찮은 척. 꿋꿋하게 걸어가고 있는 자신의 형님에 대한 걱정까지.

온갖 더러운 일 마다 않고 하고, 다른 사람 뒤통수도 예삿일로 쳐버렸던 그였지만, 아무래도 자기 형님은 걱정이 될 수밖에 없었다.

온갖 걱정은 다 안고 있는 듯 보이는 그, 진찬수였다. 그의 형님이라는 자는 역시 천정의 길드장 정상수였고.

그런 진찬수가 신경이 쓰였던지, 짐짓 괜찮은 척을 하고 있던 정상수가 진찬수를 바라본다.

“얼굴 펴라. 너무 죽을상 말고. 애들 사기 다 떨어질라.”

“형님. 괜찮으시겠습니까? 한번 하면 적어도 십 년이랍니다.”

십 년. 일 한 번 벌일 때마다 사라지는 정상수의 생명이다.

김기환에게 패퇴를 당하고, 여러모로 밀려버린 정상수 아닌가. 정상수가 밀리는 건 곧 천정이 밀리는 걸 의미하기도 했다.

그렇기에 정상수는 목숨을 걸었다.

그들이 제니스로부터 지원받아서 만든 수. 그것은 정상수의 생명을 제물 삼아야만 겨우 발동이 되는 수였다.

그렇게 해서까지 확실하게 승부를 결착 지을 수 있다면 또 모르겠지만, 아니 확실하게 십 년의 생명만 뺏어간다면 좋겠지만.

‘확실하지도 않지. 뒷일은 어찌 될지 몰라.’

진찬수가 알기로는 장담을 할 수 없었다. 확실하지 않은 게 많았다.

그들이 준비한 수를 쓴다고 하더라도 정말 십 년의 목숨만 사라질지 알 수가 없다.

그 수를 쓴다고 하더라도 그 괴물 같은 김기환을 확실히 이길 수 있다는 장담을 할 수도 없다.

그런데 정상수는 요지부동이다.

진찬수가 이미 여러 차례 설득을 해보고, 죽을상을 해가면서 하지 말라고 시위를 해도 꼭 해야겠다고 말한다.

"천정이 망할 수는 없지 않냐? 너와 내가 쌓은 성인데. 성이 무너지느니 차라리 죽고 말지."

라고 말하며, 그의 설득은 귓등으로도 듣지를 않는다.

'오기인가…….'

정상수가 상상 이상으로 길드 천정에 애착을 가진 걸까?

아니면 김기환에게 진 것에 대한 오기일까?

그도 아니면 김기환이 멋들어지게 해내고 있듯이, 정상수 자신도 멋들어지게 해낼 수 있다는 자신감일까?

정상수가 아니기에 진찬수로서는 알 수가 없었다.

그저 목숨까지 걸고서 나서려고 하는 그의 형님이 걱정이 될 뿐이었다.

어렸을 때부터 항상 자신만만하게,

"짜식. 이번에도 한 건 해 보자고!"

"예! 형님!"

자신을 이끌어 주던 정상수에게 별일이 없었으면 할 뿐이었다.

하지만 아무리 봐도,

'불가능하지…….'

불가능해 보였다. 어쩌면 자신이 알게 된 '진실'을 어서 정상수에게 알려야 했을지도 몰랐다.

그런데 하지 못했다.

형님인 정상수와 평생을 함께하자고 해놓고는, 자신의 목숨이 아까워서 말하지 못했다.

그런 주제에 죄책감과 걱정만 생겼다.

'한심하긴.'

자기 자신이 이렇게까지 한심하게 느껴지는 것은 진찬수로서는 정말 처음이었다. 자신을 이끌어 주던 정상수의 어깨가 괜히 작아 보이는 것도 처음이었다.

그가 걱정을 하든 어찌하든 천정의 행렬은 쉼 없이 전진을 해 나갔다. 그리고 결국 그들도 도착했다.

김기환의 길드보다는 조금 늦게, 하지만 그리 늦지 않은 이른 시간에 사냥터 앞에 도착했다.

"가자!"

"예!"

힘을 내서 외치는 정상수의 외침에 다들 기합을 실어 본다.

죽을상을 하는 진찬수와는 다르게 길드장인 그는 자신만만해 보였다.

대체 제니스에서 파견 나온 자들이 어찌 설득을 해냈는지는 몰라도 그의 기세는 꽤 그럴싸해 보였다.

김기환을 상대하는 것이 쉽지는 않겠지만, 어떻게든 해내겠다는 의지가 분명 보였다. 자신감은 덤이었다.

'……그래. 해보자.'

그런 정상수를 보고 그도 힘을 낸다.

그리곤 같이 발을 디딘다. 모두가 앞으로 나서고 있는 정상수와 함께 나아간다.

그들이 간 방향은 오른쪽.

김기환이 간 곳과는 다른 방향이었다. 그들만의 작전을 위해서 움직이고 있는 것이 분명했다.

* * *

알 만한 사람들은 다 안다. 경기 서부의 영역이 개편되고 있다는 걸!

어지간한 이들은 손을 대기 꺼려하던 그곳에 새로운 주인이 정해질 상황이 머지않았다는 걸 눈치채고 있었다.

정보통이 아주 없는 자가 아닌 한은, 다들 주시를 할 정도였다.

당연히 헌터계의 거물이랄 수 있는 이들도 이번 레이드를 주목하고 있었다.

헌터 관리원을 통해서 강제적으로 레이드를 하게끔 할당을 한 게 그들이다 보니, 더 신경을 쓰는 면도 있었다.

헌터 관리원과 함께 거대 길드들을 주름잡고 있는 반기전이 사람을 모았다.

지각변동이나 다름없는 일이 일어나다 보니, 이번에는 평소 모습을 보이지 않던 자들도 모습을 드러냈을 정도다.

다만, 경기 서부가 아닌 저 아래쪽의 일로 골치를 꽤나 썩이고 있는 자들은 오지 못했다.

경기 서부에 김기환이라는 송곳이 갑작스레 찌르고 들어왔다면, 저 아래는 이준혁이라는 쐐기가 박힌 덕분이다.

여러모로 헌터계 자체가 복잡한 상황이었다.

꽤 오랜 기간 회의가 이뤄졌다.

"어떻게 해야 한다고 생각하지?"

반기전의 물음에 여러 이야기가 설왕설래했다. 당장 확실한 답은 나오지 않았다. 그래도 확실하게 내린 답이 하나 있었다.

'어떻게든 막는다.'

방법이 어떻든 새롭게 등장한 이들을 막겠다는 메시지에는 대부분 동의를 했다.

한두석 같은 온건파 쪽은 꺼림칙해 하는 경우도 있었지만, 다수가 신진헌터를 막는 데 동의했다.

어떻게든! 수단과 방법을 다 동원해서!

그렇게 결론이 내려지고도 한참 뒤, 장내에는 딱 둘이 남았다.

이곳의 주인인 반기전과 이번 일에 여러모로 깊게 관여하고 있는 안일석이었다.

평소 점잖아 보이기만 하던 안일석은 오늘은 무슨 바람이 불었는지, 꽤 흥분해서 회의에 참여를 했었다.

마치 이번 일은 자신의 것이나 다름이 없으니, 다른 이들은 끼지 말라는 듯 으르렁대기까지 했다.

그는 이번 일을 뭔가 새로운 계기로 보고 있었다. 그렇다 보니 자연스레 이번 일의 주도권은 안일석에게로 넘어와 있었다.

그런 안일석에게 반기전이 물었다.

"어떻게 할 건가? 만약에라도 천정이 실패하면 꽤 문제가 될 텐데?"

"그럴 리가. 이번에 새로운 패를 집어넣었다고."

"실험도 아직 안 끝난 패이지 않나?"

"어느 쪽이든 상관이 없지. 먹어버리면 될 뿐이니까."

비릿한 웃음을 짓는 안일석의 표정에는 분명 자신감이라는 것도 담겨 있었다.

지금까지 그래 왔듯이, 승자는 자신이 될 거라는 자신감이 엿보였다. 또한 어떤 승부욕도 엿보였다.

그런 안일석을 반기전이 타이르듯이 달랬다.

"과식을 하다가는 역으로 당할 수도 있다고."

"헹…… 이 내가? 내가 그럴 거 같다고? 예전의 내가 아니라고. 알지 않나?"

그런 반기전에게 꽤 세게 나오는 안일석이었다.

평상시 반기전의 말이라면 숙이고 나오던 그와는 전혀 다른 모습이었다.

'뭔가 얻었군.'

반기전은 그런 안일석에게 화를 내지 않았다.

이런 일에 흥분을 할 그였더라면, 감히 거대 길드들을 운영하고 있는 자들의 수좌를 차지하지 못했을 거다.

그는 화를 내는 대신에 차분히 계산을 했다.

자신에게 몇십 년간을 기어 온 안일석의 변화를 가만 바라볼 뿐이었다. 아주 차분하게. 또한 냉정하게.

그걸 모르는지, 아니면 자신감이 과한 건지 안일석은 여전히 회의 때처럼 으르렁댔다.

"이번 일은 내가 끝을 낼 거라고. 이번은 다들 나를 도와주면 돼. 그거면 된다구."

"흐음……."

"도와주겠지? 이 나도 헌터 관리원이나 길드들을 위해서 온갖 일을 해줬으니까 말이야."

"……이번만은 확실히 돕지."

반기전은 순순히 안일석의 말을 들어줬다.

"좋아. 좋아. 좋다구. 하하."

반기전이 처음으로 순순히 말을 따라 준다는 것에 만족스러운 듯 호탕하게 웃어 보이는 안일석이었다.

그 때문일까.

안일석은 반기전의 눈에서 잠시 살기가 스쳐 지나가는 걸 눈치채지 못했다.

그렇게 거대 길드와 전대의 헌터들은 자신들끼리의 소리 없는 암투를 계속 이어나가고 있었다.

*　　*　　*

이 일들이 과연 김기환 쪽에게 도움이 될지는 두고 봐야 할 일이었다.

그리고 그에 더해서.

"흐음……."

또 다른 누군가에게 심경의 변화를 주고 있다는 사실도 지켜봐야 할 점이었다.

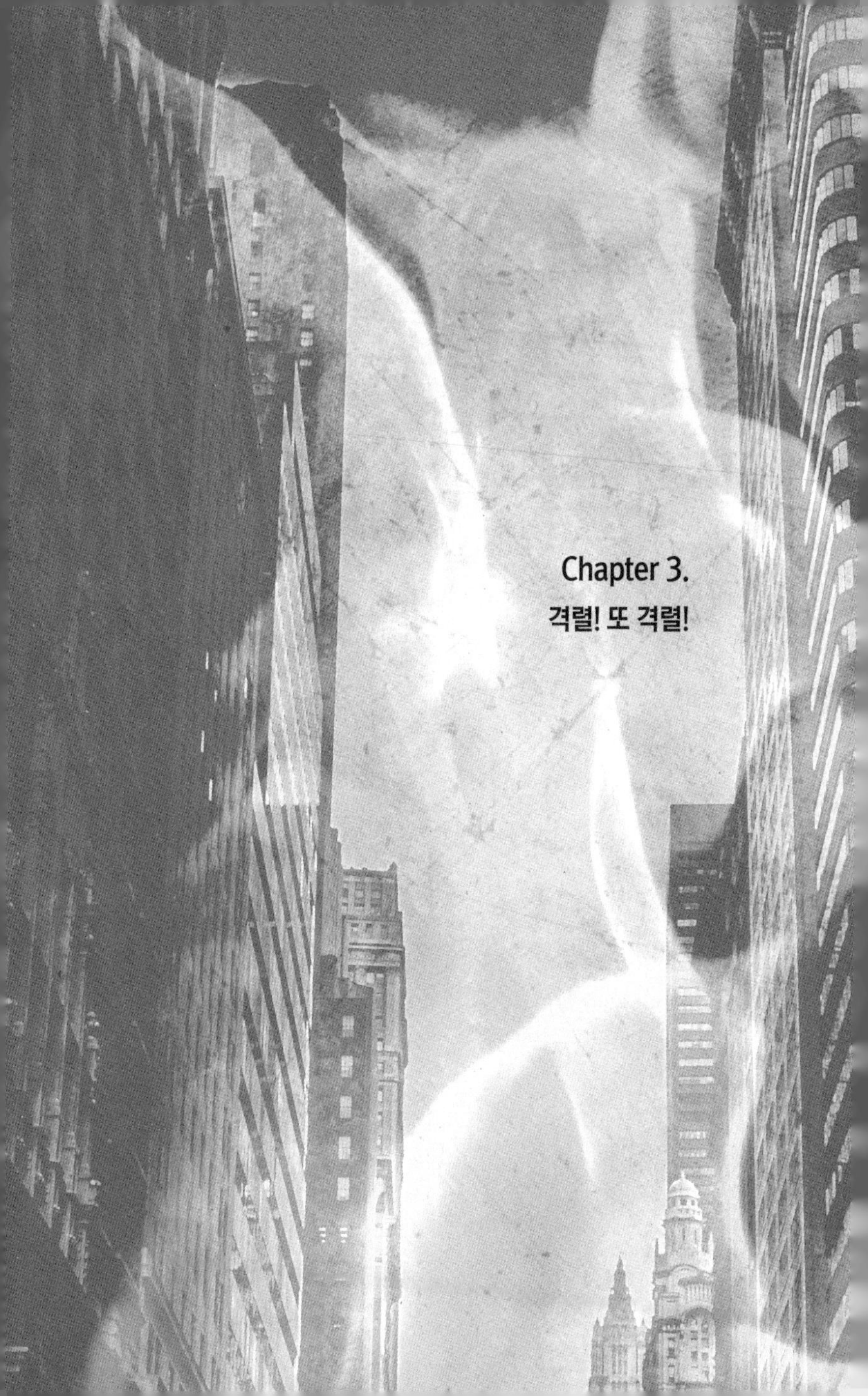

# Chapter 3.

## 격렬! 또 격렬!

화통을 잡아먹은 큰 목소리가 울려 퍼진다. 주변 이들의 주목을 한 번에 받을 정도로 큰 목소리였다.

"헹. 그 녀석 그거! 이번에도 안 오고 말야. 예전에는 오지 말라고 해도 쪼르르 달려오던 놈이!"

"푸훗. 언제는 오지 말라면서요? 오면 죽이겠다고 덤벼들 때는 언제구요?"

그런 그를 그녀는 재미있다는 듯이 바라본다. 흥미와 장난기가 얽혀져 있는 그 눈빛은 분명 악동의 그것과도 비슷했다.

그럼에도 남자는 물러나지 않았다. 작은 키에도 굽힘이

없었다.

하기는 그는 한철이었다. 꼬장꼬장해서 장인이 되었는지, 장인이 돼서 꼬장꼬장해졌는 몰라도 자신의 고집을 굽힐 줄 모르는 성격을 가진 그였다.

여기서 물러설 사람이었더라면, 그 깊은 덕후의 마음가짐을 가지지도 못했을 거다.

뻔뻔하게 우기고 들었다.

"그건 그때고! 내가 오지 말라고 해도 와야지! 같이해 달라고 설득할 때는 언제고 말야. 엉? 이놈이 조금 컸다고!"

"픕……."

그의 부인 이송아가 웃는다. 분명 비웃음은 아니었다.

"웃지 말라구! 이 녀석이 왔어야지. 너무 오래 안 왔다고."

"당신. 걱정돼서 그런 거죠?"

정곡을 찔린 걸까. 분명 움찔했다. 하지만 나오는 말은 정반대였다.

"뭔 소리야! 내가 그 녀석 걱정을 왜 해?"

"왜 아니겠어요? 맨날 뉴스도 보고, 동영상 올리는 유튜브도 꼭 챙겨 보잖아요? 저는 당신이 포덕 그만두고, 기환이를 덕질하나 보다 했는데요?"

"덕질은 무슨!"

참고로 여기서 덕질은 꽤 그럴싸하게 설명하자면 미치듯

이 하나의 주제에 빠져서 몰두하는 걸 말하는 거였다.

"이 녀석이 나한테 갚아야 할 게 얼만데! 그것도 못 갚고 죽는 건 아닌가 하고 보는 거지. 이를테면 채권자의 마음이라고?"

"풉. 됐어요. 이제는 조금 솔직해지라구요. 그거, 완성된 거죠? 드디어."

"……헹."

역시 확실해졌다. 그거라는 말에 분명히 반응했다.

"꽤 오래 걸릴 거라고 하더니 정말 완성이 되긴 했네요?"

"……그래 봐야 그놈 한정이야. 그리고 운이철 그놈이 보내 준 샘플이 도움이 되기도 됐고."

"그래도 그게 어디예요. 하나라도 완성된 게 중요한 거죠. 당신한테 꽤 중요한 거였잖아요?"

"조금 중요했던 거야. 조금이라고."

"핏. 저는 좀 서운한데요? 당신 첫 작품을 내가 아니라 그 기환이가 가져갈 거라는 것이요."

"……그거야 당신은 더는 전투에 나가지도 않기도 하고. 당분간은 나랑 쉬기로 약속했잖아?"

이송아의 말에 미안한 듯 말하는 한철이었다.

하기는 항상 그가 만든 첫 작품.

가장 좋은 무구들은 모두 이송아의 차지였다. 그녀가 원하지 않더라도 그가 가서 장비를 시켰다.

그녀가 아니면 다른 주인은 없다면서.

연애 시절부터 쭉 그래 왔었다. 결혼을 한 지금에 와서도, 딸보다는 그녀에게 먼저 가장 최신의 장비를 채워주던 그였다.

그런데 '그것' 은 예외였다.

'처음부터 그 아이들을 위한 거니까.'

이번만큼은 이송아를 위한 것이 아닌, 다음 세대의 헌터들. 김기환을 비롯한 아이들의 것이었다. 처음부터.

그러니 그녀가 서운하다는 말에 움찔하는 것도 자연스러운 일이었다. 괜히 미안해서 그런 거였다.

장인 한철.

겉으로 보면 그 어떤 쇠보다 단단해 보이는 그였지만, 가족 앞에서는 그도 약해질 수밖에 없는 한 명의 가장일 수밖에 없었다.

솔로로서 말하자면 죽창 맞을 각을 가진, 팔불출이었다.

괜히 장인 한철의 귀가 축 처지자 그녀가 웃음을 지어 보이며 달랬다.

"푸훗. 농담이에요. 농담. 그리고 약속도 지킬 거라구요. 적어도 저는 그들 전체가 나서지 않는 한은 나서지 않아요."

"……이왕이면 아예 나서지 말아. 그 녀석들이 어떻게든 해줄 거라고. 일단 받기만 하면 되니까."

"그런데도 여태까지 안 들어줬잖아요? 기환이 그 녀석이 같이 합류해 달라고 해도 항상 거절했구요?"

"그건 완성이 안 됐으니까……."

그것의 완성. 그건 장인 한철의 작업실에서나 겨우 이뤄질 일이었다.

겉으로 드러난 것보다 더욱 많은 제작 장비가 딸려 있는 그의 작업실이 아니고서야, '그것' 들이 완성될 수 있을 리가 없었다.

비장의 무기라고 할 수 있는 '그것' 들이, 그리 쉽게 만들어진다는 게 사실 말이 안 되는 이야기기도 했다.

문제는 기껏 완성을 했더니, 그것들을 받을 아이들이 전부 찾아오지 않는다는 것이었다.

그래서 한철이 이토록 좌불안석일지도 모르겠다.

그가 가진 정보통에 따르면, 온갖 더러운 짓거리들이 김기환을 비롯한 아이들에게로 향하고 있었다.

그런 상황에 자신의 무구들까지 받지 않았으니, 불안할 수밖에!

그런 그의 핵심을 이송아가 푸욱— 찌르고 들어온다.

"그럼 이제는 완성됐으니 기환이에게 합류하는 거예요?"

"헹. 됐어. 이미 볼 장 다 봤다고. 그 녀석이 안 와서 안 가는 거야."

"풋. 그래 봐야 오면 바로 따라갈 거잖아요?"

"됐다구! 내가 이 새끼 오면, 무릎 꿇고 싹싹 빌어도 안 간다고. 안 가. 어디 불 노예놈이 좀 컸다고 말야! 쯧!"

마음으로는 한가득 불안하면서도, 겉으로는 당당히 심술을 부리는 한철이었다.

과연 김기환이 오게 되면 어찌 될는지.

갈 때 가더라도.

'고생 좀 하겠는데…… 제자?'

여태까지 쌓인 모든 스트레스는 죄다 부릴 것이 분명했다.

장비를 만들면서 쌓였던 스트레스. 오지 않았다는 것에 대한 스트레스. 그를 불안하게 만든 스트레스까지.

별의별 트집을 다 잡아서 풀겠지!

* * *

그런 스트레스를 받아야 할 김기환은 막상.

"후아. 대단한데요?"

한철을 티끌만큼도 생각하고 있지 않았다. 대신 그의 딸을 비롯한 길드원들과 함께 앞으로 전진을 해 나가고 있을 뿐이었다.

단 이번에는 선두에 그가 있지 않았다. 아니 정확히는 선두에 서지도 못했다.

"앞으로 서시면 안 됩니다. 힘을 비축해야 할 테니까요."

회의의 결과 때문이었다. 운이철과 간부들은 이번만은 김기환에게 선두를 양보하라 말했다.

"이 정도의 몬스터쯤이야 쉽게 뚫는다고."

"우리도 언제까지 네 신세만 지을 수는 없잖냐?"

김기환을 대신해서 허웅과 마동수들을 포함한 초기 길드원들이 선두를 섰다.

'잘하려나.'

조금 불안하기는 했다.

언제나 선두는 김기환 아니었나. 설사 훈련을 위해서 그가 가장 선두를 양보한다고 하더라도, 지금처럼 완전히 후미로 빠진 적은 없었다.

후미로 빠진 덕분에 한눈에 길드원들의 상황을 파악하기는 좋았지만, 그만큼 불안해졌다.

언제고 위험이 발생한다고 하더라도 자신이 바로 나설 수가 없을 테니까!

그런데.

"이참에 제대로 보여준다."

"불안병 걸린 길드장 코를 납작하게 눌러주자고!"

김기환의 불안과는 반대로 길드원들은 기세등등하게 달려 나갔다. 한 점의 걱정도 없다는 듯이. 자신들은 걱정 말라는 듯, 기세를 키워 나갔다.

"저, 저거 저래도 됩니까?"

"걱정 붙들어 매세요!"

그대로 전진!

몬스터 떼가 달려드는데, 사람보다 몬스터가 육체에서는 더 우월한 것을 알고 있을 텐데도 전진만을 해 버린다!

정면 승부라니!

김기환이야 규격 외의 강자라서 그렇다고 하지만, 지금은 각성체를 흡수한 자들도 전부 뒤에 빠져 있었다.

김기환, 운이철, 이서영, 한서은. 그 모두가 후미에 있다. 하물며 특수한 뭔가를 얻은 이준성마저도 뒤다.

탱커가 일열을 차지하고 있다고는 하지만, 이건 위험했다.

사람은 머리를 써야지. 몬스터와 정면으로 붙어서는 이득은커녕 손해만 보게 된다!

—크워어어어!

—쿠워!

오크들. 오우거만 한 오크도 있는 오크 떼를 향해서 모두가 달려간다. 주술을 건 듯 온몸이 붉게 물든 오크들을 향해서 단 한 명도 주저하지 않고 부딪친다!

오직 전진만을 한다! 문제는 단 한 점도 없다는 듯이!

콰아아아아앙!

어마어마한 폭음이 일어난다.

흡사 거대한 기차가 서로 부딪친 듯한 폭음. 괴수 영화에서 나오는 괴수들끼리 부딪쳐야 나올 법한 폭음이 일었다.

김기환의 불이 일으키는 폭음과는 성격이 달랐다.

불의 폭발은 이능력의 폭발이라면. 이건 육편(肉片)과 육편! 피와 살을 가진 육체끼리의 부딪침이 낳은 폭음이었다!

'……젠장. 내가 나섰어야 했는데.'

그 폭음에 움찔거리는 김기환이었다.

차라리 자신이 나섰다면 속이 편했을 거다. 언제나 앞은 그의 차지였다. 위험요소는 차라리 자기 홀로 무릅쓰는 게 나았다.

그에게 있어 길드원들은 보호해야 할 존재였다. 언제나 제일 위험한 자리는 자신의 것이었다. 그런데 그게 뒤바뀌었다.

그게 김기환에게 불안감을 선사해 줬다.

그의 소중한 사람들.

그에게 모든 것이나 다름없게 된 길드원들을 잃는다는 상상은, 상상만으로도 그에게 큰 불안감을 줬다.

그런데.

"어?"

그 결과!

폭음 뒤에 먼지가 일고, 드러난 몬스터 떼와 길드원들의 부딪침은.

"미친?"

"불안해하지 말라고 했잖습니까. 후후."

김기환의 상상 그 이상의 결과를 만들어 내고 있었다.

전투가 끝났냐고? 아니! 끝나지는 않았다! 다만!

"……부숴어?"

몬스터 떼의 전열이 완전히 무너져 있었다. 부상을 당해서 무너진 게 아니었다. 전열이 아예 산산조각이 났다. 조각조각 육편이 돼 버렸다.

아무리 몬스터라도 몸이 조각조각 났는데, 무너지지 않을 리가 없었다.

'미친. 미친. 미친!'

전율이 이는 광경이었다.

불안해하던 김기환으로서는 생각지도 못한 광경이었다.

자신이 성장하는 동안, 자신이 홀로 앞으로 전진해 나가는 동안 길드원들도 가만있었던 게 아니었다.

눈앞의 장면은 그 증거!

그들을 이끄는 리더. 김기환이 목숨을 걸고 미친 짓을 벌인 대가로 얻은, 그들이 가진 성장의 결실!

'따라가겠다.'

'언제까지고 짐이 될 수는 없다.'

'김기환. 그 녀석만 고생을 해서야…….'

'우리가 어떻게든 힘이 되어 준다.'

그 모든 염원들이 실제의 결과를 만들어 냈다.

이끌어가는 리더가 뒤를 따르는 길드원들의 피땀 어린 노력의 증거가 김기환의 눈앞을 가득 채우고 있었다.

한가득!

* * *

압도한다.

으깬다. 부순다. 걸리적거리는 걸 치운다.

—크와아아악!

날카로운 도끼를 꽉 쥐고 달려드는 오크들의 기세는 얕은 것이 아니다. 그들도 목숨을 걸고 있다.

투쟁하는 몬스터다웠다. 물러서지 않았다.

눈은 여전히 핏빛의 붉은빛을 뿌렸다. 살기를 날렸다.

힘으로 밀리는 걸 본능적으로 알지라도, 그 부족한 힘을 이겨내려 인간에 대한 증오를 벼렸다.

그들은 강했다.

후우웅—

휘두르는 도끼에 담긴 거력도. 투쟁을 위해 목숨을 바치는 그들만의 숭고함도.

부족 단위로 한마음 한뜻으로 벌이는 전투도 과연 대단했다.

다만.

"……뚫는다!"

"뚫어! 거치적거리는 건 다 치워버려."

그들 앞을 막는, 아니 그들을 뚫어버리는 존재들이 너무 강할 뿐이었다.

—취이이익!

도끼를 날리던 오크의 팔이 도끼째로 사라진다.

우우웅—대며 뭐든 빨아들일 기세로 나타난 구체. 마동수가 소환한 중력의 구체는 오크의 팔을 그대로 잡아먹어 버렸다.

강해지다 못해, 완전히 증폭되어 버린 중력의 구체란 흡사 블랙홀을 소환한 듯했다.

작은 구체지만, 그 구체가 움직일 때마다 오크가 으깨진다. 짜부라진다. 사라진다.

우우웅—

단순히 구체는 이동을 할 뿐이지만, 그 결과는 살육이다.

그조차도 전쟁의 일부이자 단면.

—취익!

—취이익!

육체와 육체로 부딪치는 쪽도 있었다.

언제나 앞. 헌터들의 앞을 지키는 탱커들. 딜러에 비해서 공격력이 약하다고 알려진 그들이지만, 어디까지나 상대적으로 약할 뿐이다.

강해진 탱커. 자신의 무기를 제대로 다룰 줄 아는 탱커는 육체 그 자체가 무기가 된다.

탄탄한 몸 그 자체가 모든 공격을 막을 최상의 방어구이며, 또한 모든 것을 곤죽 내버릴 최상의 무구가 된다.

"죽어."

콰즉—

허웅이 그걸 바로 보여줬다.

가면 갈수록 강해지는 육체. 운이철의 수련법에 의해서 육체 자체가 강해져 가는 그는 자신의 손에 쥐어진 무구를 버렸다.

대신 그의 손이 그만의 무기이자 애병이 됐다.

탄탄한 손은 모든 적을 으깨는 분쇄기가 됐다. 바로 지금 처럼.

—취야아아아악!

달려드는 오크의 도끼를 잡아챈다. 콰즉. 으깨어버린다.

'끝낸다.'

허웅은 멈추지 않았다. 도끼를 잡고 있던 오크의 손을 잡아챈다. 손을 으깨며, 동시에 오크를 잡아당긴다. 그러자 오크의 육체가 딸려들어 온다.

퍼어억—

가슴팍에 그대로 장타를 날려버린다.

우즈즉—

피부 아래 두꺼운 근육을 찢는다. 갈비뼈가 부러진다.

폐와 심장을 부러진 갈비뼈가 가장 먼저 찌른다. 뒤를 이어 모든 것을 으깨어 버린 허웅의 손이 심장에 도달한다.

두근— 두근—

—취이이이익!

폐와 심장을 갈비뼈에 찔리고도 특유의 강력한 생명력으로 눈을 빛내는 오크. 어떻게든 눈앞의 허웅에게 한 방을 먹여 보려 의지를 세우던 오크의 심장.

인간과는 다름을 알려주는 초록 피를 무한하게 펌프질하

던 오크의 심장이.

콰즈즈즉—

그대로 으깨진다.

오크의 심장이라고 할지라도, 뼈째로 모든 것을 부수는 주먹이다. 고작해야 심장이 버틸 수 있을 리가 없었다.

—취이……

폐마저 터져버린다. 바람 빠지는 소리가 난다.

그럼에도 손을 들어 허웅을 공격해 보려 하지만, 남은 건 오크의 의지뿐이었다. 망가져 버린 심장, 폐, 육체는 감히 허웅에게 반항을 할 줄 몰랐다.

오크의 몸이 추욱 쳐져 버린다.

"다음."

철벽. 친구를 지키겠다며, 그 자신을 철벽으로 단련한 그가 다음을 외친다. 다음 오크를 찾는다.

—취이익!

그들을 곤죽 내기를 멈추지 않는다.

전장의 곳곳에서 같은 일들이 일어나고 있었다.

"죽어! 죽어! 죽어!"

"……바람의 힘으로."

언제나 김기환의 뒤를 따라가던 이들. 그들이 분주히 움직이고 있었다.

김기환의 뒤가 아닌 앞에서, 그를 막는 모든 장애물들을 뚫어줄 것처럼 길을 열고 있었다.

김기환을 후미에 두고, 자신들은 위험한 선두에서 움직인다.

그동안 갈고 닦은 이능력을 발휘한다.

휘오오오오—

바람으로 상대를 찢는 건 예사.

강렬한 물은 상대의 기도를 막는다. 몸 전체를 둘러싸 짜부라뜨리기도 한다. 공격력이 약하다던 물이 가장 잔혹하게 상대를 죽이는 무기가 된다.

쿠우우웅—

그 위를 천벌이라도 내리는 양 하늘에서 떨어지는 번개가 내려치며 그들의 마지막을 장식한다.

—취이이이익!

세상에서 알아주는 몬스터 오크.

그들만의 문화로 만들어진 주술을 사용하며, 죽는 그 순간까지 투쟁하는 오크들이 어떻게든 이 상황을 이겨내려 한다.

생존을 위해. 또한 눈앞의 인간 적들을 이겨내기 위해서 가진 모든 것들을 쏟아붓는다.

찌이이익—

주술사는 자신의 심장을 찢는다. 자신을 제물 삼는다. 초인적인 의지로 자신의 심장을 꺼내어든다.

자신을 제물 삼아 만든 주술!

적이 아닌 자신, 그 무엇보다 소중하다 할 수 있는 것을 바친 주술의 효능이란!

—우워어어어!

안 그래도 강력한 오크들의 투쟁심을 더욱 강력하게 만드는 데 충분했다.

더 빨리. 더 강하게. 더 세게! 투쟁을 위해!

오직 투쟁만을 위한 오크의 몸이 더욱더 투쟁에 적합해진다. 전투 중에 더욱 강해지게 만들어 준다.

곳곳에서 오크들의 반항이 일어났다.

자신을 제물로 한 주술. 같은 동족의 사체를 먹으며 투쟁심을 고취시키는 오크.

—크워어어어!

전쟁의 열기로 인해서 순혈에서 변종으로 변해버리는 오크까지!

단순히 몬스터라고 하기에 그들의 투쟁은 고결하기까지 했다.

하지만 그들의 앞을 막는 건 자라난이었다.

"주술사다!"

"……긴장할 거 없다. 이쪽은 훈련받은 대로만 움직이면 돼!"

주술. 투쟁 의지. 전투력. 그들만의 전술.

오크의 모든 것은 이미 낱낱이 익힌 지 오래다. 그들에 맞춰 훈련을 끝마친 자라난이다.

오크가 투쟁한다면, 그들을 상대하는 인간은 머리를 쓸 줄 알았다.

그들에 맞춰 행동할 줄을 알았다.

상대를 모두 알았다. 아니 적어도 이 자리에 있는 자라난이 받은 훈련은 그들로 하여금 오크를 상대하는 데 있어 스페셜리스트로 만들어 주었다.

그렇기에 오크는 철저한 약자가 됐다.

"부숴."

자라난이 휘두르면 휘두르는 대로 쓰러지는 약자이며.

후우우웅—

그들이 으깨고자 하면 으깨어지는 약자가 됐다.

몬스터 중에서도 상위. 하나, 하나의 개체로는 약할지언정 모이게 되면 한 국가도 전복시킬 수 있다고 하는 오크들. 샤오크와 같은 하위 오크가 아닌 진성 오크들이 그렇게 무너져 내려간다.

거대 길드도 아닌.

철저하게 약자들이 모여서 만들어졌던, 자라난의 길드원들. 약자였지만, 강자가 되기 위해 모든 것을 걸었던 바보들에 의해서.

*　　　*　　　*

김기환만이 앞으로 걷는 것이 아녔다.

'모두가 함께 걷고 있다.'

노력하는 걸 알고 있었다. 모두가 노력을 한다는 거. 자신처럼 미친 짓을 하는 것은 아니더라도, 각자의 자리에서 할 수 있는 걸 하고 있다는 건 머리로는 알고는 있었다.

하지만.

'믿지 않았다.'

불안해했다. 이성적으로는 그들의 노력을 알아도, 감정적으로는 항상 걱정만 하고 있었을지도 몰랐다.

그래서 불안해했다.

'믿음이 부족했을지도…….'

함께 마주하고 같이 걸어가는 동행자로 길드원들을 대하기보다는, 항상 자신이 이끌고 데려가야 하는 보호대상으로 그들을 봤을지도 몰랐다.

그래서 무리를 했을지도 모른다. 항상 위험을 감수했을지도 모른다.

그걸 후회하는 건 아니다.

다시 전으로 돌아간다고 하더라도, 김기환은 자신이 가장 위험한 곳을 자처할 거다. 가장 위험한 곳에 서서 가장 마지막까지 버티고 버틸 것이다.

앞길이 막혀 있다면 그 앞을 부수고 뚫어낼 거다.

거대한 벽으로 사방이 막혀 있다면, 사방에 자신의 힘을 분출할 거다. 아끼지 않고.

적이 달려들면 가장 먼저 나서는 것도 자신이다. 이겨내지 못할 몬스터 앞에서도 자신은 선두에 설 거다.

그게 김기환 그의.

'각오지.'

각오이자, 희생.

자신의 꿈. 최고가 되겠다는 꿈에 이어서, 이 썩어빠진 헌터계를 바꾸겠다는 그와 함께하게 된 이들에 대한 그만의 예의였다.

적어도 자신과 함께하게 된 이들만큼은 보호하기 위해서. 애써 무리를 한 것도 전부 그 때문이었다.

자신이 그린 꿈 때문에, 같이하게 된 길드원들이 괜히 고생을 한다고 생각했으니까.

그렇다고 포기를 할 수 없으니, 솔선수범했을 뿐이다. 무리를 하고 애를 썼을 뿐이다.

그런데 그게 아니었다.

"어떻습니까? 하나, 하나가 이미 완성된 헌터지 않습니까?"

"……좋네요. 고맙기도 하고요."

그런 그를 향해 묻는 운이철. 그의 눈은 자부심으로 가득 차 있었다.

길드원 모두를 완성된 헌터로 만들기까지, 그의 노력이 있지 않았다면 불가능했다는 걸 모르는 자는 여기에 없었다.

김기환도 거기에 포함이 됐다.

그가 미친 듯 앞에 섰다면, 뒤에서 온 힘을 다해서 지원을 한 서포터는 분명 운이철이다.

앞뒤에서 그 둘은 그렇게 노력을 해 왔다. 운이철은 충분히 자부심을 가질 만한 자격이 있었다.

김기환은 솔직하게 말했다.

"대단합니다. 언제나 지켜야 할 사람들이라고 생각했는데……."

"전부가 강해졌지요."

"예. 이제는 더 지켜야 할 사람들이 아니네요."

운이철의 말대로 모두가 완성된 헌터였다. 뒤를 쫓아오던 그들은 어느샌가 같은 길을 걷고 있었다. 나란히 함께.

"조금은 믿고 맡겨도 될지도 모르겠네요."

"예. 전우니까요. 앞으로의 큰 전투에 힘이 되어 줄 전우."

또한 어깨를 기대도 될 그런 전우가 됐다. 예정된 전투에 함께할 그들이.

'완성됐다.'

자신도 모르는 사이에 이미 완성이 되어 있었다. 그 누구보다 강직한 모습으로.

"……막 끝났군요. 가봐야 하지 않겠습니까?"

"물론이죠!"

그들과 함께 나아간다.

홀로 시작했던 그가, 함께가 되어서. 모두를 이끌고.

# Chapter 4.
## 삐걱, 삐걱. 비틀

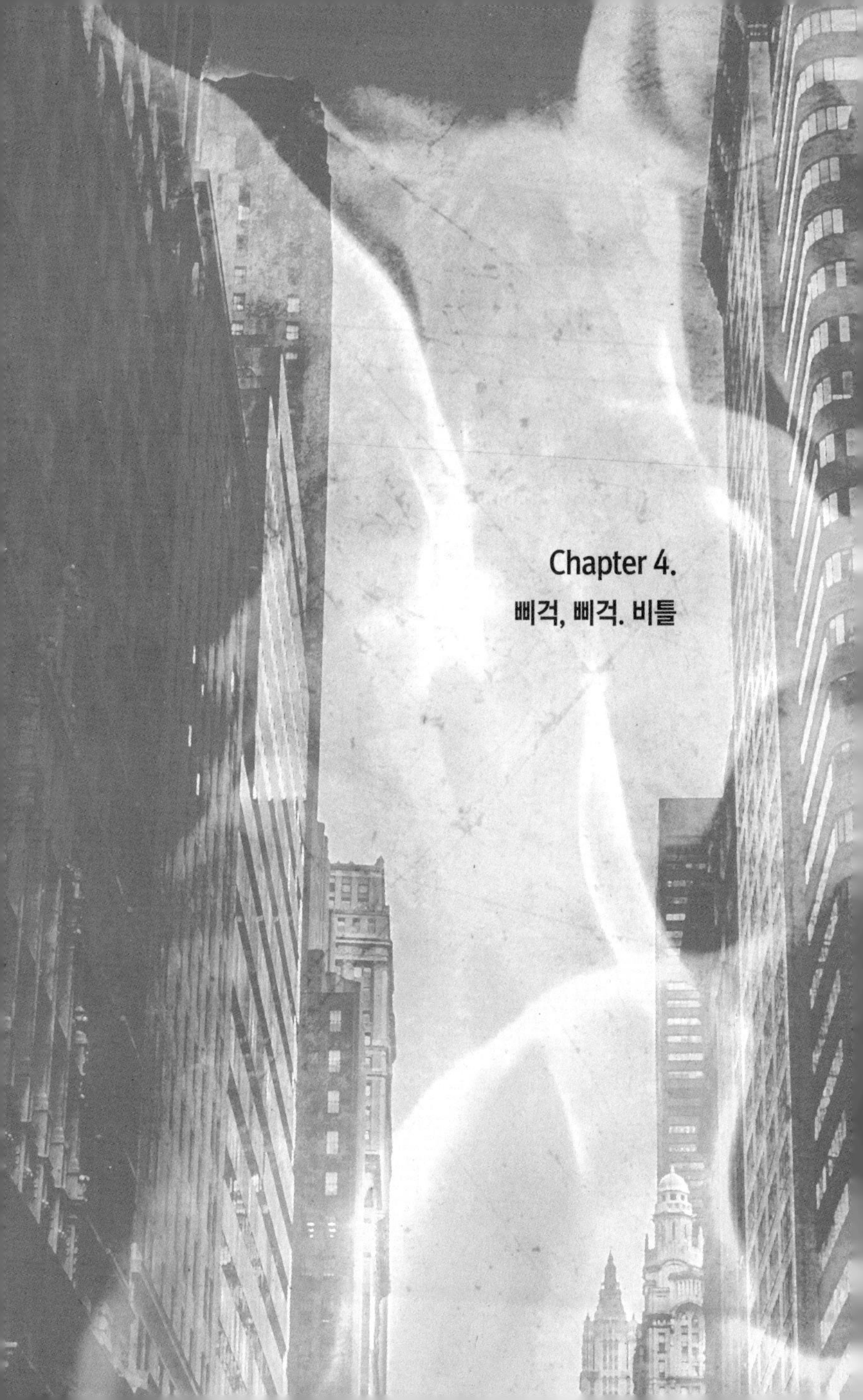

서로가 함께하기 위해서 걷는 자들이 있다면 착취하는 자들도 분명 있었다.

착취가 아래에서 위로 이뤄질 리가 없지 않은가. 항상 착취는 위에서 아래로 이뤄지는 법이었다.

아래로의 착취, 그게 더 쉬우니까.

지금도 그랬다. 김기환이 이끄는 자라난과는 정반대의 모습이 그려지고 있었다.

천정의 탱커들이 앞 열을 지킨다.

"막아!"

"알겠습니다!"

—키이이익!

달려드는 몬스터들. 그들을 탱커가 막는 것은 당연했다. 여기까지는 여느 파티 사냥의 풍경과 다를 게 없었다.

파티 단위보다 규모가 커졌을 뿐이다.

“크읏…….”

고통스러워하면서도, 탱커들은 자신들의 할 몫을 다해 나갔다.

문제는 그다음.

“준비!”

탱커들이 공격을 막으면 딜러들이 공격을 해 줘야 했다. 공격과 방어를 나누고, 유기적으로 움직이는 것이 사냥의 기본이니까.

하지만 도무지 폭음이 일지 않는다.

쿠웅— 쿵.

달려드는 몬스터와 그걸 막는 탱커들 사이의 격렬한 격투음만이 이어질 뿐이었다.

“더! 더 버틴다!”

“크흐. 대체…….”

“……얼마나 버텨야 하는 거야.”

탱커라도 맞으면 고통을 받는다. 치명상을 얻으면 죽는

다. 버티는 게 쉬운 일일 수가 없다.

탱커 능력을 갖추더라도, 그 고통을 못 이겨서 탱커 일을 관두는 자들도 꽤 많을 정도다.

후우웅— 후웅!

그만큼 몬스터들이 날리는 공격은 매서웠다.

특히 천정의 탱커들이 상대하고 있는 몬스터는 레드 맨티스다. 사마귀를 똑 닮은 괴물.

곤충 중에서도 상위의 포식자로 알려진 사마귀는 몸집이 커진 개체도 그만큼 전투력이 강력할 수밖에 없었다.

그중에서도 가장 포악하며, 육체 능력이 월등하다고 알려진 레드 맨티스가 아닌가.

그걸 상대하면서 용케 버티는 것 자체가 대단한 일이었다.

힘들기는 하지만 다들 버티고 있었다. 그만큼 천정의 탱커들의 능력이 뛰어남을 보여주는 일면이었다.

"막아!"

"언제까지!"

문제는 기약 없는 기다림이 이어지고 있다는 것!

딜러들이 어서 공격을 나서줘야 할 텐데. 이어지는 공격이 없다.

우우우우우웅—

무언가를 준비하고 있는 듯, 묘한 공명음만이 가득할 뿐이었다.

—키에에엑!

"크아악!"

결국 사달이 났다.

레드 맨티스를 상대로 겨우겨우 버티던 탱커 중에 하나가 부상을 당했다.

박중은.

천정 길드 탱커진에서 이진으로 취급받는 그. 하지만 꾸준한 성장으로 유망주 중에 하나. 그런 그가 당한 거였다.

버텨낸다고 버텨냈지만, 맨티스의 일방적인 공격에는 밀릴 수밖에 없었던 게다. 사실 여기까지 버텨낸 것만으로도 그의 실력 이상으로 버텨주고 있는 상황이었다.

최선을 다했다. 그러지 않고서야 여기까지 버틸 수 있을 리가 없다. 그래도 결국 한계다.

—키익!

박중은이 밀리고, 그 틈을 레드 맨티스들이 비집고 들어온다.

특히 본능이 강한 게 곤충형 몬스터. 작은 틈이라도 순식간에 노리고 짓쳐 온다.

쒜에에엑—

어마어마한 순간 가속!

"치료 들어갔어!"

화아악—

뒤를 지키고 있던 치유계 헌터의 치료가 들어가지만, 너무 늦었다.

"……커억."

낫보다도 날카로운 맨티스의 앞발에 박중은의 목이 날아간다. 누가 막을 수도 없었다. 순식간이었다.

촉망받던 헌터의 삶치고는 너무도 허무한 마지막이었다.

파아앗—

분수처럼 피가 튄다. 완전히 잘려 버렸다. 아무리 치유계 헌터라도 이 정도 상처는 무리다.

—키이익!

그의 죽음을 애도할 새도 없었다.

"젠장! 막아! 막으라고!"

"틈을 조여!"

맨티스가 더 파고들게 되면 그 다음은 딜러진이다. 그래서는 안 됐다.

딜러들을 이용해서 뭘 준비하는지 모를 수뇌부지만, 그대도 뚫리면 안 됐다. 모두가 살려면 막아야 했다.

"으아아압!"

결국 무리를 해서라도 비집고 들어오는 맨티스를 막는다.

"크아악!"

무리를 하니 부상을 당할 수밖에 없었다. 다행히 이번엔 치유가 빨랐다. 미리 기다리고 있던 치유계 헌터가 바로 치유를 넣었다.

이능력이 쏟아진다.

단 몇 초 만에 외상이 전부 낫는다.

"마, 막았다."

박중은도 이렇게 빨리 치유가 들어왔다면 살았을 거다. 간발의 차이가 누군가는 목숨을 잃고 또 누군가는 살도록 만들었다.

그렇다 해서 위기가 완전히 사라진 건 아니었다.

쐐에에엑—

위기는 여전했다. 맨티스들은 끊임없이 날카로운 팔을 휘저으며 공격을 해댔다.

"……버텨야 해."

버텨야 된다 꾸준히 말하지만, 이미 여럿이 부상을 당했다. 치료가 되더라도 심리적으로 압박감이 거세다. 정신적 피로도가 쌓인다.

겨우 버티고 있었다.

'대체 딜러진은 뭐하는 건데…….'

'크게 한 방 날리라고!'

미친 듯이 염원한다. 어서 이 상황을 구해 줄 딜러들의 공격이 들어오기를!

그때 누군가 외쳤다.

"공격 들어간다!"

기다리던 공격이 들어온다고. 탱커진들은 모두 하나라도 된 듯 생각했다.

'살았다.'

라고.

이 정도나 오래 준비한 공격이었으니, 제대로 된 한 방이지 않겠는가. 안 그래도 제니스에서 투입된 딜러들도 꽤 되니 평소보다 더한 공격력이 나올 거라 봤다.

어쩐지 오래 기다리게는 했지만, 그래도 한 방에 이 상황을 역전시킬 수만 있다면 일단은 됐다. 일단은.

그런데.

"뭐야!?"

"뭔 짓이야 이게!"

이해할 수 없는 공격이 날아들었다.

*　　*　　*

—키이이익!

몬스터라고 하더라도 호흡 없이 살 수는 없었다. 곤충형이라고 하더라도 산소는 필요했다.

되레 몬스터일수록 더 많은 양의 산소를 필요로 하곤 했다. 활동량이 어마어마하니까. 이건 이프리트 같은 특수한 몬스터가 아니고서야 거의 통용되는 이야기였다.

이번 공격은 그걸 노리는 공격이었다.

뽀그르르르—

맨티스들의 숨구멍을, 물로 막았다.

단번에 수십, 수백 개로 나뉘어서 쏘아진 물들이 맨티스들의 얼굴을 덮쳤다.

—키익!

피하는 맨티스도 있었지만, 피하지 못한 맨티스들도 다수!

순식간에 숨구멍이 막혀 죽어 간다. 본능이 강한 맨티스답게 시시각각 다가오는 죽음을 바로 느낀다.

파고드는 죽음의 감각! 그건 맨티스들의 발악으로 이어졌다!

자신들을 죽음에 이르게 하는 원인이 헌터들에게 있다는 걸 본능적으로 안 거다.

맨티스들로서는 죽기 전에 자신들의 숨을 앗아가는 자들을 죽여야 했다.

어떻게든!

행동이 거세졌다. 죽기 아니면 살기였다. 제대로 발악을 한다.

쉐에에엑—

"으아아악!"

맨티스의 발악 덕분에 탱커진의 희생이 다시금 커진다.

길어야 몇 분을 막으면 될 일이지만, 그 몇 분이 지옥 같은 시간이 됐다.

"시발, 제대로 공격 날리라고!"

"뭐하는 거야!"

그래도 기다린 보람이 있는가.

콰즈즈즉!

뒤이어 번개가 날아들기는 했다. 그게 순간적으로 맨티스들을 경직시키긴 했다. 하지만 딱 그 정도.

"날리라고! 좀!"

"어떻게든 해!"

경직은 시켜도 그 이상은 안 됐다. 당장 공격만 화려했지, 산산조각으로 아작 나는 맨티스가 없었다.

—키익!

경직됐던 것에 더 성질이 뻗친 듯 거세게 달려드는 맨티스가 있을 정도였다.

상황이 안 좋아지고 있었다. 탱커들이 죽기 살기로 버티지만 역시 힘들다.

죽어가는 맨티스들도 있지만, 발악은 점점 더 심해지고 있었다. 상황이 점입가경으로 안 좋아지고 있었다.

* * *

고작해야 맨티스 아닌가!

강력한 몬스터라고 하더라도 천정이 이렇게까지 밀릴 일이 없었다.

굳이 치유계까지 갈 것도 없었다. 탱커와 딜러 둘이서만 연계를 잘해도 처리를 할 수 있는 수준이다.

그런데 제대로 된 연계가 없었다. 일방적으로 버티기만 해야 하니 제대로 전투가 진행이 될 수가 없었다.

그런데 그 모습을,

"형님……."

"후…… 안다. 알아. 참아라."

“……예.”

길드장 정상수나 간부들은 모두 불안한 듯 바라보고 있었다. 불만을 가진 자도 있었고. 대체로 좋은 표정은 못 됐다.

하지만.

“…….”

“흐음…….”

제니스에서 온 자들은 천정의 수뇌들이 고통스러워하는 것에 상관없이, 냉정한 표정으로 앞을 바라보고 있었다.

되레 그들은.

“저래서야 시체가 상하지 않나.”

“그러면 문제라고. 다들 딜러 쪽에 적당히 하라고 해!”

희생이 나고 있는 지금의 상황에서 더 큰 희생을 주문하고 있었다.

무슨 이유에서든, 같은 헌터를 지키는 것이 당연한 일일텐데도 그들은 다른 것에만 신경을 쓰고 있었다.

해야 할 일을 당연히 한다는 듯 당당하기까지 했다.

“……후우.”

그 모습을 부들부들 떨면서 바라보는 정상수였다.

그도 동의를 하고 어느 정도는 예상을 했지만, 눈앞에서 벌어지고 있는 일들은 너무 처참했다.

그럼에도 나설 수가 없었다.

'이번. 이번만이다…… 이번 일만 끝내면 된다.'

이미 약속한 바가 있으니까. 그도 이번 계획에 찬성표를 던진 지 오래였으니 여기서 그만두라 말할 수가 없었다.

모든 것은 이다음. 큰 한 방의 레이드를 위한 준비였으니까.

결국 사달이 났다.

"크아아악!"

"아악. 시바아아알!"

지친 탱커들이 뚫리고, 그 뒤를 지키고 있던 근거리 딜러들 몇이 당하기 시작했다.

버티기 위한 이능력을 가진 탱커에 비해서 방어력은 종이 수준이나 마찬가지인 딜러들이 맨티스의 공격을 쉽게 막을 수 있을 리가 없다.

순식간에 큰 희생이 나고 있었다.

하지만 그 모습을 보고도.

"크흐……."

정상수는 나서지 않았다. 아니 못했다.

더는 이 비참한 현실을 볼 수는 없다는 듯, 눈을 질끈 감을 정도였다.

'……어떻게든. 어떻게든 결과만 내면 된다.'

계속해서 자신의 목적을 상기할 뿐이었다. 김기환을 고꾸라트리고 서부를 차지하겠다는 목적을.

그를 따르는 자들의 희생을 발판으로 낳은 결과가 좋은 결과로 나올는지는 모를 일이었다.

어쨌건 그는 동의도 구하지 않고서, 많은 희생을 낳아야 하는 선택을 했다. 안타까워할지언정 그게 그의 선택이었다.

"후우……."

모두를 지키려는 김기환. 희생을 얻어서라도 자신의 목표를 결착시키려는 정상수.

둘은 분명 하나의 교차점에서 서로 다른 선택을 했다.

과연 이 선택의 결과가 어찌 나올지는 두고 볼 일이었다.

*　　*　　*

—키이익!

마지막 레드 맨티스가 쓰러진다. 거대한 거체가 쿠웅하고 쓰러지며 바닥에 거대한 울림을 만든다.

천정이 분명 승리를 했다.

하지만 여기 있는 자들 중에 그 누구도 승리를 했다는 것에 환호성을 지르는 자는 없었다.

머리가 비지 않고서야 지금 상황에 환호를 지르는 게 더 이상한 일이었다.

상황은 생각 이상으로 처참했다.

"으으……."

"젠장."

곳곳에서 인상을 찡그리고 고통을 호소하는 자들이 넘쳤다. 비록 치유계 헌터들이 바로 치료를 했다지만, 후유증이 남지 않을 리가 없었다.

헌터 관리원에서 파티 단위는 사냥을 제한하는 것도, 어느 정도 규모를 갖춰야만 오래 사냥을 할 수 있게 하는 것도 이 정신적 피로도 때문이었다.

한 번의 전투마다 생과 사가 오가니, 그 피로도가 오죽하겠는가.

깔끔하게 승리를 한다고 하더라도, 비록 몬스터를 죽이는 거라고 할지라도 피곤함은 상당할 수밖에 없다.

그나마 헌터가 규모를 갖추면 갖출수록 효율적인 사냥이 가능해지는 터.

굳이 효율적인 사냥이 아니라고 하더라도 일단 모이면 압도적인 힘으로 적을 압살할 수 있게 된다.

그나마 피로도가 줄어들게 된다. 그럼으로써 오래 사냥을 할 수 있게 된다.

하지만 지금은 아니었다.

강력한 레드 맨티스라지만, 길드 단위에서 이렇게까지 밀리는 것은 상상도 할 수 없는 일이다.

이렇게 밀릴 거였으면, 레이드도 안 나섰다. 아니 그 이전에 길드원이 되지도 않았을 거다. 파티 단위로 안전한 사냥을 노렸겠지.

말은 안 하지만 다들 하나를 깨달았다.

'뭔가 잘못됐어.'

'문제가 있다. 이건 일반적인 레이드가 아냐.'

수뇌들의 생각은 모르겠지만, 일반 길드원들은 본능적으로 뭔가 잘못됐다는 걸 느꼈다.

전투가 끝나고 주저앉았을 뿐, 상의를 한다거나 두런두런 이야기를 나누지도 않았지만 알 수 있었다.

지금의 사냥 방식은 뭔가 잘못됐다는 것을!

그들이 그러거나 말거나, 여태까지 제대로 나서지도 않던 제니스에서 투입된 자들이 그제서야 움직이기 시작했다.

*　　*　　*

"크흠……."

"가자고. 시간이 지날수록 효력이 떨어지니까."

그들은 천정의 길드원들은 신경도 쓰지 않았다. 알 수 없는 말을 하며 움직일 뿐이었다.

전투로 인한 길드원들의 피로한 기색, 잔뜩 찡그린 인상을 보고도 모른 척했다.

실제로 몇몇은 목숨을 잃었는데도 그조차도 신경을 쓰지 않는 눈치였다. 당연히 시체를 수습해 주는 자도 없었다.

다만 길드원들을 스쳐 지나가 몬스터들이 있는 곳으로 향했을 뿐이다.

그들은 죽은 사람을 챙기기 이전에, 맨티스의 사체를 챙기기 시작했다.

"이거. 이거는 챙기고. 에이…… 이거는 별로군. 따로 넣어."

"예!"

사냥할 때는 굼뜬 몸을 움직이지 않더니, 맨티스의 사체를 챙기는 데는 열심이다.

전투 종료 후 모든 전리품은 승자의 것.

천정과 제니스의 지원군이 같이 이곳에 왔다고 하더라도, 이 전투의 진행은 천정의 길드원들이 주도했다.

맨티스의 공격을 막은 자도 천정이고, 죽어간 자도 천정의 길드원이었다.

당연히 전리품은 천정의 길드원에게 우선권이 있었다.

그걸 모를 리 없을 텐데도, 제니스의 사람들은 당당했다.

이기주의? 고작해야 그런 것 따위가 아니었다. 이미 약속된 바가 있다는 듯 거만하기까지 했다.

"시발…… 저게 대체 뭐하는 거야. 우리 건데 왜 저놈들이 챙기는 거냐고."

"……가만있어 봐."

성질머리를 부리려는 탱커 하나를, 다른 길드원이 막아선다.

"왜!"

"길드장님하고, 간부들이 가만있잖아."

"……그건 아까 전에도 그랬고! 아까는 사냥에 나섰냐? 가만히 서서 구경이나 했지! 시바."

"그래도 일단 조용히 해 보라고. 여기서 나서 봐야 손해인 걸 알잖냐?"

"후……."

설득이 먹혔다. 열을 올리던 길드원은 얼굴이 붉으락푸르락할지언정, 더 움직이지는 않았다. 소리를 크게 지르지도 않았다.

다만 가만히 제니스의 길드원들을 노려볼 뿐이었다.

"일단은 참아……."

"……시바. 이게 무슨 길드야. 어쩌다 이 꼴이 됐는지……."

"쉿!"

아래의 길드원들. 위의 간부들. 그들 간에 금이 갔다. 신뢰가 깨졌다.

아주 작은 실금이라도 문제일 텐데, 이들 간의 금은 생각 이상으로 길고 깊은 금이었다.

*　　*　　*

근래 고생이 많았는지, 초췌하기 그지없는 상태였다.

하지만 타고나기를 잘 타고나서일까. 힘들어 보이는 와중에서도 귀티가 났다. 부잣집 자제 같은 느낌이랄까. 그런 게 있었다.

하기는 그는 실제로 한국에서 알아주는 상속자 중에 하나였다.

그의 이능력도. 재산도. 말도 많고 탈이 많았지만, 거의 이어받는 데 성공하기까지 했다.

완전히 상속받기 위해서는 아직은 몇 단계가 남아 있었지만, 그조차도 쉽게 해낼 수 있다며 자신감을 보이기까지 했다.

그. 정우혁이었다.

"휘유? 아주 대놓고 움직이는데……."

끄적. 끄적.

거대한 책상에 어울리지 않게 단출한 연습장 하나. 그 연습장 하나를 펼쳐 놓고 여러 가지 단어를 적어 놨다.

자라난 — 김기환 — 이준혁.

천정— 제니스 — 헌터 관리원 — 왕들

이준혁 — 남부 — 정우혁

의미를 알 수 없는 단어들의 나열이었다. 이 의미들을 알 만한 자들은 지금 일어나는 일들에 꽤 깊게 관여가 되었다고 해도 문제가 없으리라.

김기환.

자신이 써놓은 그 이름에 대고 쭉쭉— 선을 그어가는 정우혁이었다.

"이 양반이 계약은 잘 지키고 있는데…… 일을 너무 크게 벌인단 말이지."

"힘들어?"

언제나 그의 옆을 지키고 있던 호위. 오직 정우혁에게만 미소를 보이는 그녀가 걱정스레 묻는다.

"처리할까? 아니면 방해라도?"

그녀가 잘도 무서운 소리를 해댄다. 천하의 김기환이 대단하기는 하지만, 그 정도야 어떻게든 해낼 수 있다는 자신감이 넘쳐 보였다.

실제로 그녀의 능력은 꽤나 상위의 것.

힘을 상속받아 가고 있는 정우혁으로서도 상황에 따라 밀리기도 할 정도의 힘을 그녀는 가지고 있었다.

다른 이들의 일을 방해한다고 하자면, 못할 것도 없는 그녀기는 했다.

그녀의 방해를 받으면 꽤 곤란할 거다.

"아니. 아니지. 이래 봬도 우리 준혁이 사형이라고? 거기다 계약도 했으니. 지켜야 하지 않겠어?"

"그럼 뭐가 문제야?"

"헌터 관리원이 움직이고 있어. 아니 정확히는 왕 하나가 제대로 움직이고 있지."

"왕? 정확히 누군데?"

"……육욕의 왕."

쓰으윽. 쓱.

그가 노트에 육욕의 왕이라는 글씨를 큼지막하게 적는다.

그리곤 순식간에 길게 X 표시를 해 버린다. 마음에 안 드는 듯 잔뜩 인상까지 찡그린다.

"이번 사태…… 헌터계의 변화는 이 녀석이 계획한 걸지도 몰라."

"대체 왜? 그도 왕이잖아? 부족할 게 없지 않아?"

알 만한 사람들은 왕이라 부르고, 모르는 사람들은 이들을 초대의 헌터라 말한다.

거대 길드를 이끌고, 사회 전반에 영향을 끼치며 헌터 일에 한정해서는 그 까다로운 정부조차도 감히 끼어들지 못하게 만드는 게 그들이었다.

그들은 그만큼 능력이 좋았고, 그 능력을 발휘할 만한 수완도 좋았다.

헌터가, 그들끼리 규칙을 정하고 주도적으로 움직일 수 있게 하는 데에 이들의 공이 있었다는 건 아무도 부정하지 않는다.

'마음에 안 들어. 그 양반들…….'

그들을 싫어하는, 아니 증오하기까지 하는 정우혁으로서도 그들이 초기에 쌓은 업적은 부정하지 않는다. 그건 분명 대단한 업적이었다.

그렇기에 그들이 왕이라 불릴 수 있었다. 하지만 딱 그뿐.

'처음에는 정의로웠지만…….'

누구에게나 공평한 시간이라는 것들이 그들을 타락시켰다.

목숨을 걸고 쌓아 온 명성은, 권력이라는 괴물이 되어서 그들을 잡아먹었다.

몬스터를 향해서 날리던 날카로운 비수는, 되레 같은 헌터들을 향한 지가 오래다.

그들은 너무 변해 버렸다. 특히 그중에서 육욕의 왕이라 하는 자는.

'오래전부터 지금 상황을 마음에 안 들어했지.'

처음부터 타락했던 자였다. 정의보다는 이기심으로. 자신의 사욕을 위해서만 움직이던 그였다.

그나마 타고난 이능력이 뛰어나 쓸모가 많았다. 그래서 중용이 됐을 뿐.

초기 헌터들 중에서도 그를 싫어하는 자는 많았다. 그를 싫어하는 자들 중에는 그 사람 좋다는 정우혁의 아버지도 포함됐을 정도였다.

오죽하면 왕이라는 이름 앞에 육욕(肉慾)이라는 이름을 붙여줬겠는가.

그의 공은 인정하되, 그 자체는 인정할 수 없기에 붙인 그런 이름이었다.

그 육욕의 왕이 헌터 관리원과 함께 움직이고 있었다. 정우혁마저도 느낄 정도로, 아주 빠르게 수작을 부리고 있었다.

어지간한 움직임이라면 가만 두고 봤을 거다.

정우혁으로서도 할 일이 많았으니까. 한때 그를 밑바닥까지 떨어트렸던 '그'를 죽이기 위해서라도 열을 올려야 할 때였다.

'문제는 상황이 심각하단 말이지.'

하지만 이대로 있다가는 그의 귀중한 동맹 중 하나, 김기환이 꽤나 타격을 받을 상황이었다.

그래서는 안 됐다.

김기환도 왕이 되고 싶어 움직이듯, 정우혁 그도 왕이 되어 움직이고 있는 자였다.

언젠가는 서로 경쟁을 할지도 모르지만, 지금만큼은 서로가 든든한 동맹이 되어야 했다.

든든한 우군인 김기환이 뒤통수를 맞고 쓰러져서는, 그가 왕이 되는 길에 타격이 있을 것은 당연한 이야기였다.

'항상 이렇게 된다니까.'

어쩐지, 한창 앞으로 나아가고 있는 김기환에 밀리는 느낌이 들어서 마음에 안 들기는 하지만 어찌하겠는가.

"휴우."

한숨을 크게 한 번 내쉬고는.

"어쩔 수 없지. 그가 지금 쓰러져서는 안 되니까."

굳어 있는 몸을 일으킨다.

그리곤 해맑은 미소와 함께, 그녀가 반했던 밝은 미소를 짓는다. 누구보다 환한 미소로 외친다.

"가자."

"어디로?"

"자라난에. 그가 돌아오기까지 꽤 바쁘게 움직여야 할지도 모르겠어."

김기환이 움직이는 동안, 그의 퍼즐 조각들도 함께 움직이기 시작했다.

왕을 막기 위해서!

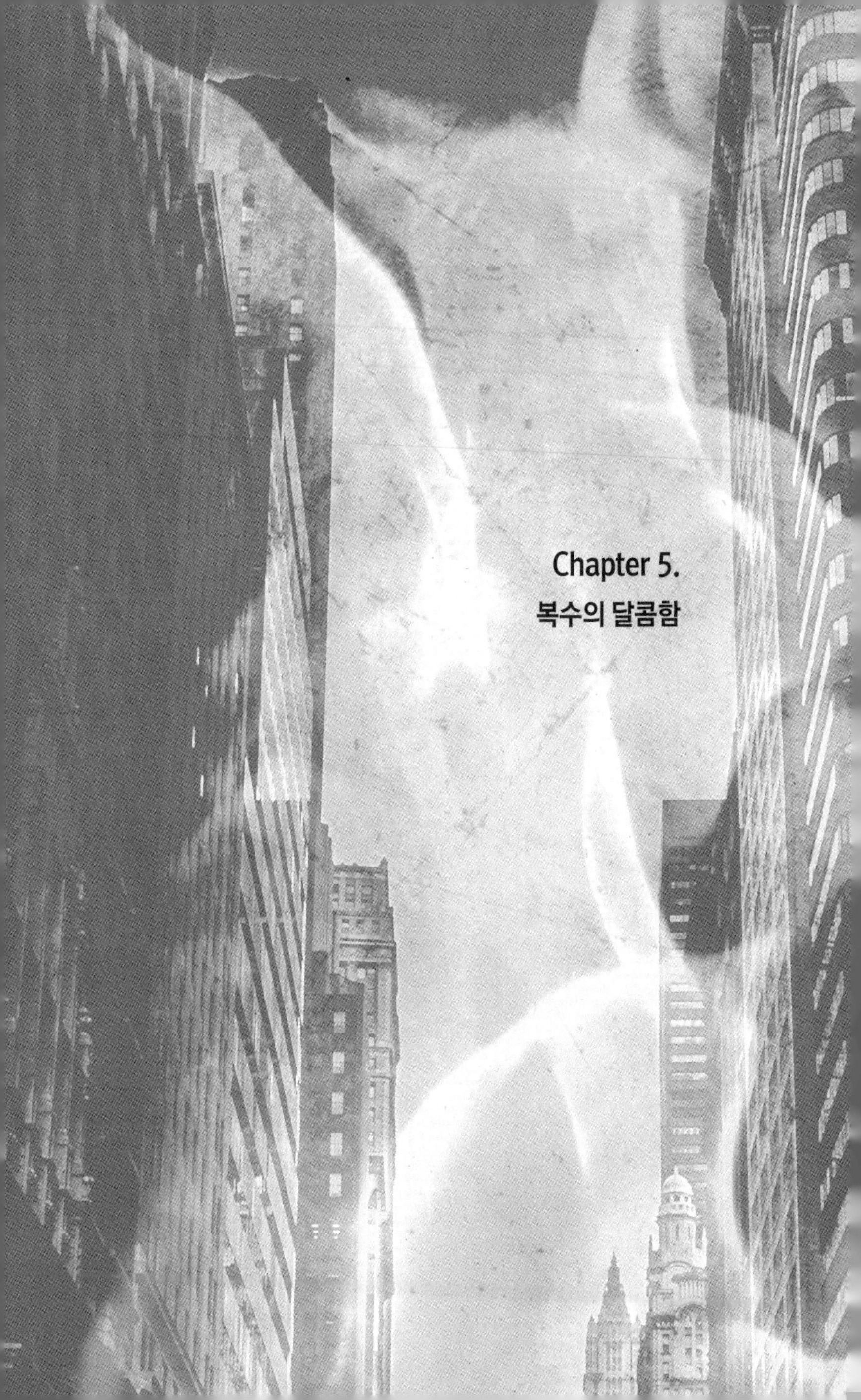

# Chapter 5.

## 복수의 달콤함

복수는 왜 복수를 낳는다고 하는지 알아?

복수는 왜 허무하다고 하는데? 복수는 달콤하지 않고, 쓴맛만 가졌다고 하는 건 왜인지 아냐고.

일단 다 개소리야.

그럼 누가 그런 개소리를 하는지 알아?

캥기는 놈들. 복수당할 일이 있는 놈들. 남 뒤통수 치고 올라온 놈들. 그런 놈들이야.

왜냐고? 뻔하잖아.

복수를 당하면 자신이 지금 가지고 있는 걸 잃으니까.

복수를 장려하게 되면, 기껏 자신들이 뒤통수 치고 쌓아

온 것들을 잃어버릴 수 있으니까.

그러니까 그럴듯한 논리로 '포장' 해서 말하는 거야.

복수는 하면 안 된다고. 용서하라고.

물론. 진심으로 그렇게 생각하는 성인(聖人)들을 뭐라 하는 게 아냐. 단지.

"당신 같은 개소리를 하는 자가 싫은 거뿐이지요."

"……히, 히익! 왜, 왜 이러나. 응? 그래. 네, 네가 어렸을 때…… 내가, 이 내가!"

"여전히 시끄럽네요. 차라리 짖어요. 멍멍하고. 그게 더 좋은 뜻일 거 같으니까."

사내는 냉정했다.

평상시의 환한 웃음을 짓는 그라고 생각하지 못할 만큼 냉정해 보였다. 눈은 시리도록 맑았고, 그의 손에 쥐어진 특이한 형태의 단검도 전부 시리도록 맑았다.

아, 냉정하다는 건 착각일지도 모르겠다.

시리도록 맑은 눈빛 안에 담겨 있는 불꽃의 뜨거움은 냉정함과는 거리가 멀었으니까.

불타오르는 눈. 이건 굳이 말하자면, 광기, 복수 그런 말에 어울리는 눈빛이 아닐까 싶었다.

그. 정우혁.

자라난 길드에 가야 한다고 하던 그가 화려한 네온사인

빛으로 둘러싸인 드높은 빌딩 하나에 대뜸 쳐들어가서는 이런 짓을 벌일 줄을 누가 알았으랴.

자신의 이능력을 손에 쥐어진 단검에 밀집시키고 전투를 벌였던 그의 모습은 평소 밝기만 한 정우혁의 모습이라고 하기에는 무리가 있었다.

포악한 맹수와 같았다.

태어날 때부터, 남을 잡아먹고 생을 유지하며 누군가를 짓밟고 올라가는 맹수!

가만히 있음에도 위엄이 넘치는 그 맹수는, 강력한 한 방, 한 방으로 상대를 으깨고 짓밟았다.

그리고 올라온 꼭대기 층.

그곳에 도달하자마자 그는 가타부타 말도 하지 않고, 가장 중심에 자리를 차지하고 있는 중년의 사내에게 칼을 내질렀다.

심장? 아녔다.

'그래서야 너무 행복하게 죽잖아.'

허벅지에 바로 푹! 하고 한 방 박아 넣었다.

"크아아아아악!"

박히자마자 나 죽는다는 듯 미친 듯이 소리치는 그 모습이란.

'어이가 없네.'

진심으로 어이가 없을 지경이었다.

눈앞의 중년. 이강성.

비명을 지르면서 나 죽는다 외치는 이자가 이 자리에 오르기까지 뒤에서 내리찍고, 죽이고, 올라설 자를 재낀 게 몇 명이었던가.

어려서부터 정우혁의 앞에서는 목숨도 아깝지 않을 충신처럼 굴고서는, 뒤에서는 '그'에게 충성을 맹세했던 자가 이강성 아닌가.

정우혁. 그의 아버지가 죽은 데는 이 이강성의 손길도 스며들어 있음을 이미 알고 있었다.

'처음부터.'

다만 그가 그동안 모른 척했던 것은.

이강성을 앞에 두고도 속으로는 부글부글 끓어오르는 속을 참고, 겉으로는 아무것도 모르는 아이처럼 해맑은 웃음을 지으면서 참았던 것은!

바로 지금을 위함!

시리도록 달콤하고, 뜨겁도록 불타오르는 지금 이 장면을 위해서였다.

이강성이 외친다. 신음을 질질 흘리면서, 본래 가지고 있다는 이능력은 어디로 던져 놓고 평범한 일반인처럼 말한다.

"어떻게 네가 이럴 수가 이, 있어……. 내, 내가 너에게!"

개소리를.

푸우우욱—

"크아아악!"

정우혁은 남은 다리 한쪽에 똑같은 한 방을 새겨 주었다.

"차라리 멍멍 짖으라고 했잖아. 아저씨? 적당히 해야지. 박쥐 짓을 하는 것도 좋지만, 적당히 해야 했어. 당신은."

"너, 너어! 설마……!"

이강성의 눈이 크게 떠진다. 절대 몰라야 할 비밀을 정우혁이 어떻게 눈치챘는가 하는 표정이었다. 놀람으로 가득 차 있었다.

"사, 살려 주! 나, 나는! 그냥…… 시키는 대로 했을 뿐이라고. 응? 거래를 막은 것도. 서부 지역을 움직인 것도 전부……."

"휴우……."

푸우욱—

이번엔 복부에 한 방.

"쿨럭……."

이강성도 이능력자이지만, 이능력을 활용해서 순식간에 '공간'을 격하고 들어오는 정우혁의 공격을 감히 막을 수가 없었다.

처음부터 정우혁이 검을 빼들지 않았으면 모를까.

이미 빼어들게 되면 소용이 없다.

이미 포식자나 다름없게 된 정우혁을 그가 이길 수단은 없었다. 처음부터.

"크흐으……."

고통스러운 듯 몸을 부르르 떠는 이강성.

정우혁은 그런 그를 향해서 불타오르는 눈빛을 여전히 보낼 뿐이었다.

"그동안은 정으로…… 아니 혹시 모른다는 생각에 넘어가곤 했지만, 이미 너무 늦었어. 당신은."

"크……."

멍하니 자신의 복부를 바라보는 이강성.

그는 이 단검의 의미를 알았다.

'죽는다.'

이 검이 박히고도 살아남은 존재는 없었다. 적어도 왕들이 아니고서야 살아날 수단은 없다.

이능력이 외상에 있어서는 만병통치라고 하지만, 이건 달랐다.

단순히 단검이 박히는 것이 아니라, 잘린 거다. 이 복부가 있던 공간 그 자체가.

그러니 이건 외상이 아니다.

없는 공간을 다시 붙인다? 무리다. 완전한 무리.

눈앞에서 냉혹한 눈빛을 보내는 정우혁이 아니고서야 불가능하다. 그가 허락하지 않으면 찢긴 공간은 다시 돌아오지 않는다.

"사, 살려달라면 무리겠지?"

"아무렴. 지금까지 중에서 가장 옳은 말인데, 아저씨?"

반말과 존대를 섞어 쓰는 정우혁은 아주 조금은 비틀려 있었다.

'힘들었겠지.'

다른 이들의 탐욕에 의해 그가 당한 일. 아니, 원래는 당할 필요도 없었던 그동안의 일들이 그를 비틀리게 만들었을지도 모른다.

"후우……."

쓴 한숨을 던지는 이강성이었다.

"이제 와서 후회한다느니, 미안하다느니 말은 하지 마. 이미 너무 늦었으니까."

"……크흐…… 안다. 알아."

"그래. 알았으면 됐어."

마지막으로 이강성을 바라보던 정우혁이 고개를 돌린다. 몸도 돌리려 한다. 이제는 가려는 거다.

그가 원하던 복수 중에 하나를 끝맺었으니까.

그런 정우혁을 이강성의 목소리가 붙잡는다. 잠시지만 정우혁의 걸음이 멈췄다.

"……서부 때문이냐? 서부 때문에 나를 죽이는 거냐?"

"마음대로 생각해."

"크흐……."

다만 걸음은 늦춰졌을지언정, 답은 하지 않았다. 하지만.

'충분히 답이 됐다.'

이강성은 떠나가는 정우혁으로부터 이미 답을 얻었다.

꼭 직접적으로 답을 해줘야만, 답이 되는 건 아니지 않은가. 때로는 뉘앙스만으로도 모든 설명이 충분히 됐다.

'……역시 핏줄인 건가…….'

정우혁. 그의 뒷모습으로부터, 정상훈 그의 그림자를 보게 된 이강성이었다.

왕이라 불리는 자 중에 하나였으며, 최고의 장인 한철의 친우이자 이송아의 동료 중 하나였던 그의 모습을 봤다.

'미리 봤어야 했는데…….'

그걸 전부터 알아챘어야 했는데 늦게 봐버렸다.

그가 모르는 사이에 정우혁은 이미 모든 걸 이어받았다. 어쩌면 이어받은 것 이상으로 앞으로 나아갔을지도 몰랐다.

그걸 눈치채지 못했다. 패착이었다.

'줄을 잘못 섰군…….'

마지막 후회를 하면서 눈을 감은 이강성이었다.

한바탕을 벌이고 나온 정우혁.

감기환은 모르는 사이에, 그를 한 번 보호해 준 정우혁이 건물 바깥으로 나서는 것은 이강성이 눈을 감은 것과 같은 시간이었다.

"가자."

"바로 자라난으로 가는 거야?"

"그래. 자라난에 가서 깽값은 받아야지. 한탕 크게 해줬는데. 받을 건 받아야 하지 않겠어? 비싸게!"

"……그래. 그런데 괜찮은 거야?"

걱정스러운 듯 언제나 정우혁의 옆을 지키는 그녀가 그를 바라본다.

그런 그녀를 향해 정우혁은 환하게 웃는다.

"좋아. 아주 달달해. 너무 달콤해서 몸이 부르르 떨릴 정도로!"

그리고 말한다.

복수는 달콤하다고.

어쩐지 너무 행복해 보이는 웃음이었다.

*　　*　　*

말도 많고 탈도 많았다.

천정이 특히 그랬다. 일반적이지 않은 사냥 방식. 그 방식이 설명도 되지 않은 상황에 사냥이 제대로 될 리가 없었다.

레이드를 위해서 걸어가는 길 그 자체가 고난이었다.

예상보다 더 힘든 상황에서 길드원들은 지쳐 갔고, 그를 이끌고 있는 간부진들의 말수도 갈수록 줄어들어 갔다.

작은 침묵.

사냥을 위한 긴장을 위해서 침묵한다기보다는, 화합이 없기에 이어지고 있는 침묵 속에서.

"도착입니다!"

그들이 목적지에 도착했다.

이번 레이드의 목표가 있는 둥지. 그곳에 드디어 발을 디디게 된 게다.

목적지에 도착해서 다 끝난 건 아니었다. 이제 막 교차점 하나에 들어선 거나 다름이 없다. 그럼에도 어느 정도 성과라면 성과였으니.

"후우……."

"드디어군……."

안도의 한숨을 내쉬는 자도 있었다. 도착했다는 그 자체에 의의를 두는 게다.

하지만 그런 자들은 소수.

대다수는 다른 생각을 가지고 있었다.

'이번 일만 끝나면…….'

'여기는 끝났다고. 대체 수뇌부는 무슨 생각을 하고 있는 거야?'

끝났다는 안도감보다는 그 다음. 이번 레이드가 끝나고 난 그 이후를 생각하는 자들이 많았다.

'알아본다.'

누군가는 대체 무슨 이유로 이런 일이 벌어지는지 알아보려고 하고.

'나간다. 어차피 여긴 망했어. 정후에서 연락이 오긴 왔었지.'

또 누군가는 극단적인 선택을 한다.

저물어 가는 해가 되어 가고 있는 천정이 아닌 다른 곳을 선택하려는 자들도 다수였다.

한마음으로 뭉쳐도 잘 성공할 수 있을지 모를 게 레이드다. 그런데도 천정은 이미 레이드에 나서기도 전부터 분열이 되어 있었다.

그걸 모르는 정상수가 아닐 텐데도.

"마지막 점검을 해라. 금방 처리해야 하니까."

"예!"

"다음 레이드도 생각해야지. 이번엔 우리가 이긴다."

대체 무슨 이유에서인지 자신감이 넘쳤다. 근거라고 할 만한 게 없는데도 넘치는 자신감이라니. 미친 게 아닌가 싶을 정도였다.

하지만 그의 눈은 미쳤다고 하기에는 맑았다. 이성적이었다.

'……모든 걸 다 건다.'

이미 오래전부터 그는 그만의 방식으로 움직이고 있을 뿐이었다.

*　　　*　　　*

천정이 도착해서 짐을 꾸리고 있었을 때. 먼저 움직이는 쪽이 있었다. 자라난이다.

이미 전날에 도착한 그들은 작전 회의까지 마친 지 오래였다.

훈련까지 받았었으니, 그 회의조차도 결국 확인 작업일 뿐. 위에서 아래까지 이미 자신이 해야 할 일들을 확실히 알고 있었다.

자신이 할 일을 알고, 목표한 바대로 움직이는 곳이 자라난이었으니까. 당연한 일이다.

이 전투에서의 주역은.

“괜찮겠어요?”

“그럼요.”

약간은 상기된 표정으로 장비를 챙기고 있는 이서영.

“이쪽도 문제없다.”

“넌 말고.”

“……망할 길드장 같으니라고.”

투덜거리면서도, 자기 할 일은 다 하는 이준성. 이 둘이 이번 레이드의 주역이다.

‘나는 아니지.’

이번만큼은 김기환의 무대가 아니었다.

섭섭하지는 않았다. 이미 이곳에 오는 동안 그들이 얼마나 노력했는지를 봤다. 강해진 걸 알았다.

저들은 자신과 함께 걷는 자들이지, 자신이 보호해야 할 자들이 아녔으니까.

그거면 됐다.

어지간한 일이 있어도 그들 스스로 해결할 수 있다는 걸 아는데 불안해할 필요가 있겠는가. 그런 쓸데없는 걱정은 괜한 에너지 소모만 될 뿐이었다.

어쩐지 다 자란 자식들을 보는 눈빛으로 김기환이 그들을 바라보고 있는 동안.

“준비 끝이에요!”

“이쪽도.”

이서영이나 이준성의 준비가 모두 끝이 났다. 자신들을 위한 장비를 모두 착용한 그들은 확실히 베테랑 헌터다운 태가 났다.

‘기죽어 있을 때가 엊그제 같은데…….’

특히 항상 기가 죽어지내던 이서영은 환히 빛이 날 정도였다.

예전의 모습을 알고 있는 김기환으로서는 그녀의 현재 모습이 보면 볼수록 기특했다.

“뭐예요. 그 눈빛은?”

“다 자란 딸을 보는 눈빛이랄까요?”

“푸훗. 그게 뭐예요.”

살짝 눈을 흘기는 그녀지만, 기분이 나빠 보이지는 않았다. 다만 재촉을 할 뿐이었다.

“어쨌든 여기는 다 끝났으니까, 어서 가요. 저쪽도 꽤 빠른 걸로 알고 있다구요?”

“그래 봤자요. 천정이 아무리 빨라 봐야, 이쪽이 이길 겁니다."

"그거 자신감 과잉인데요?"

"항상 이겨 왔으니까요."

"에이. 그러다가 큰 코 다친다고요. 어서 움직여요."

"예이, 예이! 바로 가 보지요."

한참 승강이를 하던 김기환이 그녀의 재촉에 못 이기는 척 그제서야 움직이기 시작한다.

그 둘의 다정한 모습을.

"어휴……."

"하여간에 망할 길드장이라니까."

바라봐야 할 간부들로선 어쩐지 약이 오르지만 어쩌겠는가. 이서영이나 김기환에게 죽창을 세게 꽂을 힘이 그들에게는 없었다.

그들을 두고 김기환이 움직이기 시작한다.

그 뒤 바로.

"자아, 갈까요?"

"좋습니다."

김기환이 빠진 자라난 길드도 움직이기 시작했다. 계획대로.

*　　*　　*

"자. 가볼까."

늑장을 부리면서 나섰지만, 움직이고 난 후까지 늑장을 부릴 생각은 없는 그였다.

인사를 해 오는 길드원들을 지나서, 야영지를 벗어나고부터는 바로 속도를 올리기 시작했다.

쐐에엑—

칼바람이 느껴질 정도로 어마어마한 속도.

발 아래로 불의 기운을 실어서 한 발 한 발 내디딜 때마다 거리가 성큼성큼 좁혀져 간다.

이능력이 생기기 이전의 속도는 이미 넘어선 지 오래. 영화에서나 나오는 무공을 익힌 고수처럼 쏘아져 나가는 그의 걸음에는 거침이 없었다.

'……천정 쪽도 꽤 빠르게 움직이고 있다고 했지.'

김기환은 움직이면서 끊임없이 가늠하고 생각했다.

도착하고 나서는 천정이 상대하고 있는 레이드 몬스터를 어찌할지를, 그 뒤 천정의 반응에 어찌 대응을 해야 할지.

그런 것들을 끊임없이 머리를 굴려 생각했다.

전이라면 이런 일 자체를 힘들어했겠지만, 경험이 쌓이다 보니 이제는 이런 생각을 하는 것도 익숙하다.

'……이번에도 잘해 보자.'

그가 각오를 다지며 움직이는 동안.

쀄에엑—

거리는 점차 가까워져 가고 있었다.

*　　*　　*

그리고 그 순간. 자라난 길드원들도 전부 도착을 해 있었다.

—키이……

그들이 상대해야 할 몬스터는 리람드.

이프리트는 불로 이뤄졌다면 리람드는 번개다. 번개로 이루어진 몸을 가진 주제에 육탄전도 벌일 줄을 안다.

가까이 가는 것 자체만으로도 그의 몸을 구성하는 번개에 의해 타격을 받는 것은 물론, 꽤 그럴듯하게 쓸 줄 아는 육체는 어지간한 헌터로서는 상대도 하기 힘들 정도다.

거기다 빠르기는 얼마나 빠른지!

리람드를 상대하기 위해서는 리람드가 감히 도망치지 못하게 포위망을 구성하는 것도 일이었다.

상대하기 까다로운 몬스터. 강력함은 레이드급.

하지만.

"……리람드의 번개는 확실히 쓸모가 있지요."

실체가 없어야 할 번개로 이루어진 주제에, 그 사체만 이용하면 온갖 희귀한 것들을 만들 수 있는 존재가 리람드다.

만드는 자에 따라서 귀물도 만들어 낼 수 있게 해 주는 게 리람드의 시체였다.

잡는 난이도의 까다로움만 아니었더라면, 이미 많은 자들이 잡고도 남았을 정도다.

그런 리람드를 잡기 위해서, 자라난 길드원들은 포위망을 만들었다.

“넌 저기로.”

“예.”

“너는…… 탱커들을 지키는 방향으로 잡아. 물 이능력자들은 최대한 뒤로 빠진다. 필요할 때만 나서. 모든 건 훈련대로.”

“알겠습니다!”

탱커들이 일 열을 지키는 건 당연. 같은 번개를 다루는 이능력자들은 리람드의 번개를 잠시 상쇄할 수 있기에 그 다음 열에 선다.

물의 이능력자들은 가장 후방으로. 그 외 나머지는 그 사이에 선다.

이런 방식으로 동서남북에 넓게 포위망을 짠 자라난이었다.

모두가 포위망을 짠 상태. 그 상태로 진입을 하는 자는 소수였다.

리람드를 상대하는 건, 소수 정예가 아닌 이상 힘들기에 내린 조치였다.

이서영. 이준성. 운이철. 허웅.

넷이면 충분했다. 마동수도 들고 싶어 했지만, 번개로 이뤄진 리람드는 중력을 이겨낸다는 말이 있었다.

실체를 가지되, 가지지 않은 기묘한 존재다 보니 중력이 안 먹힐 수 있는 거였다. 확실한 것은 아니지만 이능력이라는 것 자체가 모르는 것투성이니, 최대한 안전하게 마동수를 뺄 수밖에 없었다.

“이번에도 못 나서는 건가.”

그동안 수련의 성과를 보여주지 못한 마동수로서는 꽤나 아쉬워했지만 어쩔 수 없는 일이었다.

어차피 그에게는 다음이 있기도 했다.

그렇게 다가가서 보니.

—키이이이…….

온몸이 번개로 이뤄진 리람드는 벌써 전투태세를 하고 있었다.

“이미 알고 대기하고 있었군요.”

“이론상 주변의 전류를 조종하는 게 가능하다고 하니, 금방 알아챘겠지요.”

운이철이 당연하다는 듯 대답한다.

“……더 물어보면 복잡한 이론으로 말할 거죠?”

“물론입니다.”

“됐습니다. 그럼.”

이준성이 질렸다는 듯 학을 뗀다. 전류가 어쩌고, 번개가 어쩌고 하는 일은 그에게 너무 먼 이야기였다.

대신 그는 그가 할 수 있는 일을 위해 움직였다. 바로 전투.

차아악.

검을 빼어 든다. 시원스레 뽑아든 검을 허공중에 대고 한 번 휘두른다.

그가 휘두를 때마다 생겨나는 검의 잔영. 빠른 속도도 아닌데 생겨난 잔영은 사라질 줄을 몰랐다.

“와아.”

그걸 바라본 이서영이 놀란 표정을 짓는다. 듣기는 했지만, 실제로 이리 가까이서 보는 건 그녀도 처음이었다.

“……멋있게도 뽑는군요.”

실제로 이건 잔영이 아니었다.

잔영으로 보였던 모든 것들이 검이다. 이준성이 주은영

을 상대할 적에 사용했던 검!

그 검들이 모두 소환된다. 새하얀 검신이 모두의 시선을 뺏는다.

"저는 준비됐습니다."

"좋아요."

거기서 끝이 아니었다. 다음은 이서영.

화아아악—

김기환과 비슷하면서도 다른 방식으로 자신의 힘을 끌어올린다. 김기환의 이능이 불꽃이라면 그녀의 이능은 '철벽' 그 자체.

개념적인 의미로의 '철벽'이지만 이능력이 발휘되는 순간, 철벽이라는 개념은 실제로 존재하게 된다.

바로 지금처럼!

우우웅! 우웅!

그녀로부터 뻗어 나온 이능력들. 밝은 회색빛을 띤 이능력이 이준성의 검들에 부여된다.

"……하악. 하……."

순간적으로 힘이 쫙 빠져나간 듯, 이서영이 거친 숨을 내쉰다.

그 모습을 모두가 안쓰러운 듯 바라본다.

"역시 길드장이 괴물이었군요. 쉽게 하던데……."

"……그러니까요. 후우……."

우우우웅—

뒤늦게 운이철이 나서서 돕는다. 그의 이능력은 분석. 하지만 덤으로 이능력을 강화시킬 수도 있는 게 그였다.

좀 더 빠르게. 좀 더 강하게. 강화를 시켜줄 수 있었다. 그걸 이능력에도 적용을 함으로써.

샤아아아—

검에 어설프게 붙어 있던 이서영의 이능력이 완전히 부여된다. 안정성이 생겼다.

김기환은 홀로 해낸 일을, 이번엔 둘이 붙고 나서야 해낼 수가 있었다. 그의 성장을 보여주는 일면이었다.

그래도 그녀라고 해서 약한 건 아니기에.

"후우……."

몇 번의 심호흡으로 금세 정상으로 돌아오는 데에 성공했다.

'생각 외로 이능력이 많이 빠져 나갔는데.'

순식간에 사 할 정도의 이능력이 검에 철벽의 이능을 부여하는 데 빠져나갔지만, 그래도 당장 버틸 만은 했다.

다만 전투가 길어지면 문제일 수도 있었다.

"작전대로만 하면 될 겁니다."

"그럼 바로 가죠!"

잘 짜놓은 작전이 흐트러진다면, 문제가 될 수도 있는 터. 하지만 여기까지 와서 물러날 수는 없었다.

타이밍도 좋게.

—키이이이!

자만인지, 자신감인지 모를 기세로 리람드가 달려들기 시작한다!

순식간에 좁혀지는 거리.

"먼저 갑니다."

콰아아아아앙!

탱커인 허웅이 어느새 운이철의 이능력을 부여받아 부딪친다.

어마어마한 폭음이 인다. 귀가 찢어질 정도였다. 충격파가 지나간다.

하지만 이건 단지 신호였다. 이제 막 본격적인 전투가 벌어질 신호!

"……따라가지!"

뒤를 이어 철벽을 두른 이준성이 달린다.

리람드와 자라난의 전투가 시작됐다. 그들의 보호자이자, 리더인 김기환이 빠진 형태로!

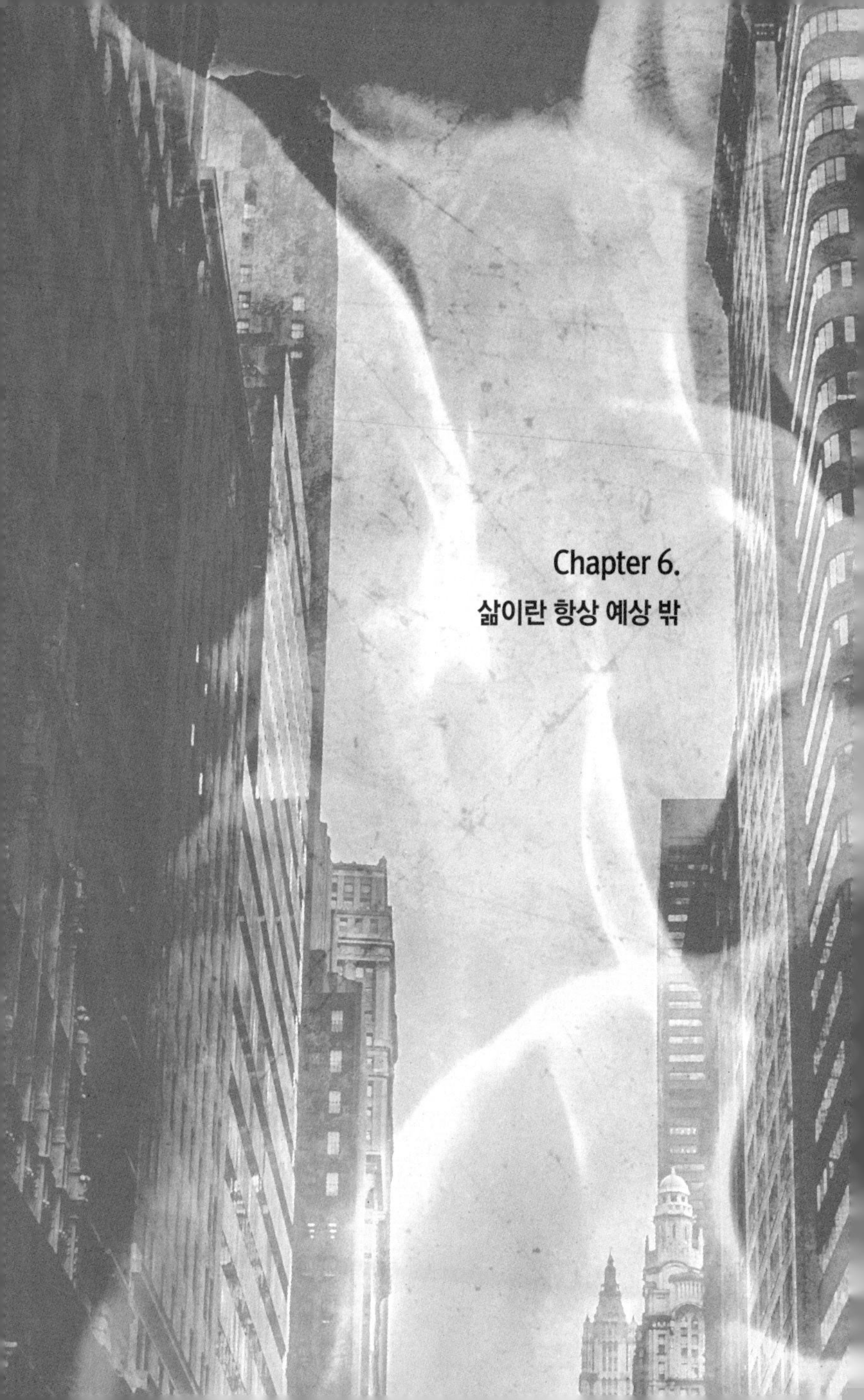

# Chapter 6.
## 삶이란 항상 예상 밖

"이런 미친!"

끼이이익!

쇠가 긁히는 듯한 소리가 난다. 번개가 스쳐 지나가는 소리가 이런 소리였나? 알 수 있을 리가 없었다. 누가 번개가 지나가는 소리를 듣나.

끼익대는 소리마저도 착각일지 몰랐다.

지금은 그런 게 중요한 게 아녔다.

—키이이이이!

"빠르다고!"

화아악!

리람드가 생각보다 빨랐다. 번개로 만들어진 육체를 가지고 있다는 걸 알고는 있지만, 이건 그들이 예상한 것 이상이었다.

더 빨랐다.

'여유 범위를 넘었는데.'

설사 예상보다 더 빠르다고 할지라도 잡을 수 있을 거라 봤는데, 이건 그 이상이다.

"잡아요! 일단은 잡아야 해요!"

"해 보고 있다고!"

덕분에 이준성의 검들이 리람드를 잡고 있지 못하고 있었다.

수십 개씩 날아다니는 이준성의 검을 이용, 리람드들을 옥죄려 했던 시도가 처음부터 깨져 버렸다.

수십 개의 검으로, 수십 명의 검수가 된 듯 리람드를 견제. 그 이후 운이철이 약점을 분석하고, 허웅이 보호를 해 주는 동안 이서영이 큰 한 방을 날리려던 것이 기본 작전.

하지만 그 작전이 지금 초장부터 깨졌다.

"으음……."

이준성도 짜증이 나는 듯, 인상을 잔뜩 찌푸리고는 집중을 하기 시작한다.

리람드의 재빠른 몸놀림이 짜증이 나긴 하지만, 시간이

지날수록 그의 집중력이 깊어지는 만큼 검의 움직임도 빨라졌다.

—키이이!

짜증이 나는 듯 괴성을 질러대는 리람드.

"조금만 더!"

속도가 더 빨라진 덕분에 리람드의 재빠른 움직임을 조금은 따라잡을 수 있게 됐다.

처음에는 뒤를 잡아채지도 못했는데, 이제는 뒤는 잡아챌 수 있는 수준이 됐다. 좀 더 나아졌다.

예상보다 더 빠른 리람드였지만, 이준성 쪽도 전력을 다하자 평소보다 더욱 속도를 낼 수 있게 된 덕분이었다.

하지만 리람드는 멍청하지만은 않았다. 뜻을 알 수 없는 괴성을 흘려댈지언정, 영리하게 자신을 움직일 줄을 알았다.

—키이!

"여기다!"

라고 말한 게 아니었을까.

—키이익!

재차 괴성을 날리면서 리람드의 몸이 쏘아져 나간다.

쒜에엑—

리람드가 지나가는 곳에서 뒤늦게 소리가 인다. 순간 가속으로 소리보다 빠르게 움직인 게다!

하기는 번개인 그에게 이 정도 속도는 무리도 아닐지도 몰랐다!

"어억!"

순식간에 검을 조종하기 위해 집중하고 있던 이준성과 리람드의 거리가 좁혀진다.

특별한 힘을 사용하지 않아도 몸 그 자체가 무기인 리람드.

자신의 크기를 자유자재로 늘리고 줄일 수 있으며, 미친 듯이 출력을 낼 수 있는 리람드의 몸이 쏘아진 거다!

—키이!

고오오오—

그걸 증명하듯 가까워질수록 몸이 부풀어 오르기 시작한다. 이준성을 다 덮치고도 남을 듯이!

그러고도 전류가 남는 건지, 그 주변으로 크고 작은 전류들이 흐르기 시작한다.

보통의 전류와 다르게 땅으로 스며들지도 않는다. 리람드의 주변을 휘돌면서 흘러내리는 전기조차도 전부 무기가 된다!

*　　*　　*

'젠장!'

죽나? 죽는 건가? 순간 모든 것이 슬로우 모션으로 보이기 시작하는 이준성이었다.

너무 검에만 신경 쓴 게 패착이었다. 아니 정확히는 공격에만 신경 써서 문제였다. 공격이 아닌 방어를 위해 검 몇 개 정도를 호위로 붙여 놓았더라면 또 달랐을 거다.

안일했다!

그리고 그 안일함의 대가가 죽음으로 다가오는 듯했다.

가까워질수록 리람드는 더욱 커졌고, 자신을 잡아먹기에 충분한 힘이 느껴졌다.

'하…….'

허무할 정도다. 여기서 이렇게 죽으려고 온 게 아니었다. 여태까지 고생을 얼마나 했는데! 이제 막 결실을 얻으려고 하고 있는데!

여기서 어떻게 죽느냔 말이다!

"하아앗!"

포기하지 않았다. 대신에 힘을 실었다. 검에게 명령했다.

'이리로 와!'

어서 와서 자신을 구하라고.

쀄에에엑!

리람드의 뒤를 잡아채고 있던 검들이 미친 듯이 날아오기 시작한다. 이준성을 보호하기 위해서.

하지만 역시 빠른 쪽은 리람드였다.

검이 날아들어 그를 보호하는 속도보다, 리람드가 더 빨랐다.

이건 확실하다. 이대로면 자신은 죽는다.

'……허무한데.'

허무해도 너무 허무했다. 그래도 이준성 그는 눈을 감지 않았다. 마지막 그 순간에까지 눈을 감을 생각은 없었다.

자신은 사내 아닌가. 그것도 오롯이 혼자의 힘으로 살아온 사내였다.

고아로 태어나, 태어날 때부터 얻은 거 하나 없이 몸만 가지고 살아왔지만 어떻게든 버텨 왔다.

조금은 김기환에게 기대었을지언정, 그조차도 자신의 의지였다.

김기환을 따르되, 그는 여전히 그의 의지를 가지고 행동하는 자였다. 그렇기에 생각했다.

'죽는 걸 볼 권리는 있잖아.'

병신 같더라도 죽는 그 순간까지 자신의 죽음을 직시하겠다는 생각.

하는 데까지 해 보자는 생각을 가지고 집중한다. 죽기 직

전까지 노력을 한다.

다만 현실이 문제였다. 현실의 벽은 두터웠고, 그를 죽이러 오는 현실의 리람드는 너무 빨랐다.

이제 막 부딪친다!

—키이이익!

괴성을 내지르는 리람드의 표정에 환희가 느껴진다. 자신을 괴롭히던 존재를 죽인다는 환희! 살의의 환희!

부딪친다!

*　　　*　　　*

퍼어어억—! 콰앙!

번개와 육편이 부딪치는데 굉음이 난다. 사람의 육편이 부딪쳐서 낸 소리라고 하기에는 너무도 커다란 굉음이었다.

귀가 찢어지는 느낌이 다 들 정도였다.

'어?'

귀가 찢어진다고? 내 육체는? 부딪친 게?

"정신 차려! 크으……."

자신과 리람드 사이. 그 사이에 생각지 못한 자가 있었다.

김기환의 놀림이나 받던 이. 간부라는 직위에 비해서는 무게감이 한없이 없던 이. 하지만 그 누구보다 인간적으로 길드원들을 대해 주는 그.

때로 친구처럼, 또 때로는 형처럼. 길드원들을 보듬어 주곤 하던 그가 리람드와 자신 사이에 있었다.

인상을 잔뜩 찡그리고. 또한 온몸에 화상을 입은 상태로!

허웅이었다.

언제나 가벼워 보이는 모습과는 다르게 그는 꽤 진지한 표정으로 이준성을 바라보고 있었다.

그가 막은 게 분명하다.

'탱커였지.'

그래. 그는 탱커. 언제나 고통 속에서도 사냥을 위해 몸을 희생하는 자. 고통 정도는 쉽게 버텨내야 하는 존재. 탱커였다.

머리로는 알고 있었다. 하지만,

'처음이군…….'

이 절체절명의 순간. 잘못하면 탱커로서도 목숨을 잃을지 모를 이 순간에조차 몸을 날려 구해줄 줄은 몰랐다.

"멍 때리지 마! 너는 네가 맡은 걸 해야지. 안 그래? 크흐…… 나는 이걸 맞고!"

그동안은 리람드의 공격을 따라잡지 못하더니, 절체절명

의 순간에 아주 제대로 탱킹을 해줬다.

덕분에 살았다!

—키이이이!

그런 허웅을 바라보며 리람드가 괴성을 지른다. 마음에 안 드는 거겠지.

"어서 공격해!"

화상을 입은 채로 외친다. 어서 공격하라고.

—키이이!

"크아아."

리람드를 막아간다. 온몸이 시뻘겋게 달아 오른 채로!

이건 기회였다.

"시발! 버텨!"

화아아아악—

저 허웅이 이리도 고생하고 있지 않나. 그라고 가만있어서야 쓰겠는가. 온몸에 힘을 다 불어 일으킨다. 이능력 모두!

그동안 아꼈던 그 힘을 보두!

우우우우우웅—

검들이 깨어나는 느낌이었다. 순식간에 깨어난 검들이 쏘아져 온다.

허웅이 탱킹을 하며 리람드를 잡아두는 동안, 전열을 정비한 검들이 쏘아져 온다.

자신들의 주인을 지키지 못했던 걸 한풀이하듯이, 아주 빠른 속도로!

쒜에에엑!

검들이 리람드를 포위하는 데 성공한다. 잡을 수 없었던 리람드가, 허웅의 희생을 바탕으로 잡혔다. 뒤를 확실히 잡았다.

우우웅! 우웅!

모든 검들이 울부짖는다. 억울하다는 듯이. 그동안 리람드를 잡지 못했던 것에 화가 났다는 듯이!

평상시보다도 더 검이 호응을 해 주는 느낌이 들었다.

지금까지는 억지로 이준성의 의지를 따라줬다면, 지금은 자신들이 원해서 따르는 듯 조종하는 게 더욱 수월해졌다.

'반항하고 있었던 거냐.'

그동안은 이준성에게 반항을 했었던 게 확실하다.

그렇지 않고서야, 갑작스레 이렇게 조종이 수월해지는 것도 웃기잖은가!

'새끼들.'

검들에 대한 잡도리는 나중이다. 지금은 저 리람드부터 잡아야 했다. 검에 대한 일은 잠시 뒤로 미뤄 두고 이준성이 더 집중을 한다.

싸아아아—

—키이!

순식간에 리람드를 가두는 데 성공한다. 상하좌우. 아래 위. 그 어디에도 리람드가 빠져나갈 공간은 없었다.

검의 바다가 리람드를 완전히 포위했다.

—키이이! 키이!

이제는 늦었다.

리람드의 속도가 더 빠를지라도 이미 검이 둘러싸 버렸다.

한 치의 틈도 없이!

이런 상황에서 빠져나가는 건 어불성설이다. 아무리 번개로 이뤄졌더라도, 몸을 자유자재로 변환하더라도.

'그 정도쯤은 막을 자신 있다고.'

그 정도는 가능했다.

—키이이!

콰아앙! 콰앙! 쾅!

성이 나는지 리람드가 이곳저곳을 부딪친다. 검들이 나서서 막는다. 모든 사방을 점유하고 있는 검들은 리람드를 위한 작은 감옥을 만드는 데 성공했다.

—키이이!

후우우웅!

램프 속의 지니처럼 몸을 키워 보지만.

까드드드득—

그마저도 역부족! 검들은 그동안 자신들이 당한 설움을 갚듯이 리람드를 압박하고 또 압박했다.

'……성공했다.'

리람드를 잡아내는 데 완전히 성공했다.

이제는 그 다음.

이 순간을 가장 먼저 기다리고 있던 그가 반응했다.

"핵은 가슴 부위입니다! 왼쪽! 사람 심장이랑 같은 위치요!"

회색의 번들거리는 눈을 하고 있는 그가 약점을 파악해 낸다.

—키이익!

"아니. 움직입니다. 이번에는 배꼽!"

말을 알아듣나?

"……미친."

말을 듣고 핵이 이동을 하는 듯하다. 아니면 핵이 본래부터 유동적이었던지. 어느 쪽이든 상관없다. 한번 파악만 하면 됐다.

한번 파악할 존재를 다시 읽어내지 못할 정도로 운이철은 바보가 아니었다.

약점 파악 완료다.

"흐으…… 흐……."

이게 모두 거친 숨을 내쉬고 있는 허웅의 덕분이었다.

이제 이다음으로 나아가야 했다! 어서!

*　　*　　*

이 다음은 이서영의 차례였다.

이준성의 검에 철벽을 부여하고, 리람드를 가둘 수 있게 만들어 준 것도 그녀지만, 이 다음이 더 중요했다.

기껏 가둬놨어도 처리를 할 수 없어서야 말짱 도루묵이니까!

그녀가 제대로 마무리해야 했다.

문제는.

"……약점이 계속 움직이는데 잡으실 수 있겠습니까?"

리람드의 핵.

번개인 육체를 가지고도 세상에 존재케 해 주는 핵의 위치가 계속해서 유동적으로 변한다는 거였다.

저 핵을 부숴야만 하는 상황에서!

핵의 위치가 계속해서 변한다는 건 문제가 될 수밖에 없었다.

초월적인 속도를 내거나, 한 방에 모든 걸 으깨야 했다.

'기환 씨라면…….'

그라면 한 방에 모든 걸 으깨는 걸 택했을 거다. 화염을 머금은 그의 파괴력은 어마어마하니까.

하지만 그녀는 김기환이 아니었다.

모든 화염을 흡수해 낸 그와 같은 어마어마한 힘이 있을 리가 없다. 단지 김기환이 무식하게 강할 뿐이다.

하지만 그녀는 멈춰 있지 않았다.

강한 사람을 보고 동경하고, 부러워하는 것은 예전의 자신이었다. 그때처럼 의기소침하게만 있을 수는 없었다.

꾸준히 노력해 왔다. 그리고 자신만의 방법을 찾았다. 성장해 왔다.

'나는 나대로…….'

이제 와서 힘을 추구할 순 없었다. 모든 것을 으깨는 그런 힘을 가지는 건 김기환으로도 충분했다.

그녀가 힘을 대신해서 선택한 것.

정교함.

난 일 푼 힘의 낭비도 없이, 제대로 적을 적중시키는 데 집중을 해 왔다.

처음에는 김기환처럼 힘이 없었기에.

각성체를 얻은 후에는 갑자기 강력해진 힘을 조율키 위

해서 정교함을 택해 왔다.

바로 지금. 그걸 보여 줘야 할 때였다.

'가자.'

스르릉—

한철로부터 받은 검을 빼어든다. 스승 이송아로부터 배운 가르침을 상기한다. 그동안의 경험을 녹인다.

후아아앙—

그녀가 집중을 하는 만큼 그녀의 검에 이능력이 깃들어 간다.

좀 더 세밀해진다.

검을 가득 채우는 이능력은 무식하게만 채워지고 있는 것이 아니었다.

검에 이능력이 부여됨과 동시에 조율이 되고 있었다. 그냥 조율되는 게 아닐 거다. 그녀의 이능은 조율과는 거리가 머니까.

오밀조밀하게, 빈틈없이. 단 일 푼의 낭비도 없이 검에 부여된 이능력은 최상의 힘을 만들어 내고 있었다.

그녀의 노력이 검에 힘을 불어넣을 때부터 빛을 발하고 있었다.

—키이이이이!

미친 듯이 몸을 부풀리고 검의 감옥을 부수려 날뛰는 리람드의 몸짓에 비하면 한없이, 작기만 한 몸짓이다.

하지만 운이철만은 알 수 있었다.

'엄청나.'

분석의 힘을 가진 그이기에 감탄을 터트릴 수밖에 없었다.

그녀의 몸짓은 작았지만, 그의 눈에 보이는 그녀의 검은 하나의 예술작품이었다.

끊임없는 수련, 고된 고통. 인내의 시간을 버텨내서 만들어낸 티끌 하나의 결점도 없는 무결점의 검이었다.

검이 철벽 그 자체가 됐다.

방어에 가까운 능력인 철벽이기에 약할 수 있는 공격력이, 완벽한 이능의 부여로 상쇄됐다.

"하압."

무릎을 구부린다. 언제든 튀어나갈 수 있게.

동시에 더욱 집중을 한다. 때를 기다린다. 운이철은 기세 좋게 외쳤다.

"다시 심장 부근입니다!"

지금이다!

"……!"

고개를 끄덕임과 동시에 그녀의 몸이 튀어나간다. 이 순간을 기다렸다는 듯이!

쉐에에에엑—

검에도, 그녀의 온몸에도 단 한 푼의 힘의 낭비 없이 적절하게 배분된 이능력은 최상의 효과를 낳았다.

비록 전체의 힘은 김기환의 것보다 약할지언정!

한순간. 단 일 점의 공격만큼은 김기환의 공격과 맞먹는 그런 힘을 낼 수 있었다.

문제라면 단 하나. 손발을 맞춰야 한다는 것.

순식간에 쏘아진 그녀의 앞을 막는 건 리람드가 아니었다. 리람드를 막고 있는 벽이었다. 바로 이준성의 검들!

"……벗겨요!"

"……이런! 빠르다고!"

샤아아아악—

미리 예상은 했다지만, 역시 실전과 연습은 다를 수밖에 없었다. 예상보다 빠르게 다가오는 이서영.

뒤늦게 눈치를 챈 이준성이 검을 움직인다. 검의 감옥을 자신의 손으로 풀어내기 시작한 것이다.

검들이 움직이기 시작했지만 아슬아슬했다. 이서영이 파고들 만할 틈을 만들어 낼 상황이 못 됐다.

되레.

—키이이이익!

벌려진 아주 작은 틈. 그 사이 벌려진 틈으로 리람드가 빠져나오려고 한다.

놈은 똑똑했다. 용케도 자기 몸을 순식간에 줄였다. 틈의 크기에 맞춰서!

작은 틈으로나마 빠져나가려고 하는 거다.

여기서 리람드가 풀려나서는 안 됐다. 어떻게 만든 기회인가.

허웅이 부상을 입어서 만들어 낸 기회였다.

안 그래도 상황이 급박하기에 부상이 심한 허웅을 치유도 해 주지 못했다. 숨을 할딱대고 쉬면서 버티는 허웅이지만 언제 쓰러져도 이상하지 않을 상황이었다.

이 상태 그대로 리람드가 풀려나면 모든 게 말짱 도루묵이 되는 상황!

작은 틈으로 리람드는 빠져나가려고 하고, 이서영의 앞을 되려 이준성이 막고 있는 그 상황에서도 이서영은 멈춤이 없었다. 망설임도 없었다.

'뚫는다.'

이번이 마지막 기회인 걸 알기에!

이준성이 어떻게든 해 줄 것을 알기에, 오히려 속도를 더욱 높였다.

두 손으로 검을 꽉 쥐었다. 집중을 했다. 머리에 피가 쏠린다. 아드레날린이 분비된다.

슬로우 모션이라도 되는 듯 리람드가 보인다.

몸을 줄여서 빠져 나오고 있는 리람드가 보인다. 뱀처럼 몸을 길게 늘린 리람드는 잘도 검의 바다를 빠져나오고 있었다.

그 사이로 핵이 보였다.

"죽어어없!"

화아아아악!

이때를 기다렸다는 듯이 검이 환하게 빛나기 시작한다.

그녀의 검이 리람드의 입에 작렬한다.

—키이이이이이이!

번개로 이뤄진 이를 뚫는다. 목구멍을 더 크게 넓혀버린다. 그러고도 모자라 계속해서 뚫고 들어간다.

목표는 핵!

그 핵에 도달할 때까지 그녀는 멈출 생각이 없었다.

'더! 더! 더!'

—키이이익!

다만 들어갈수록 힘이 모자람이 느껴졌다. 핵에 도달해야만 하는데, 리람드는 점차 몸을 키워나가고 있었다!

여태껏 모은 자신의 힘이 아직도 부족한 느낌이었다.

힘이 약했다! 결정적인 상황에서!

"이잇!"

이래서는 안 됐다. 어떻게 만든 기회인데 여기서 실패를 한단 말인가.

그때.

"하아압!"

화아아아아악—

다른 이능력이 그녀의 몸을 파고든다. 그녀가 가진 이능력과는 다른 이능력이었다. 하지만 익숙했다.

'운이철!'

그가 부여한 이능력이었다. 분석을 하느라 꽤 뒤늦은 버프이긴 했지만, 상관없었다.

몸에 활력이 돌아온다. 이능력이 더 강화됐다. 힘이 실어진다. 힘은 바로 결과로 드러났다.

"죽엇!"

리람드의 반항에 도무지 나아가질 못하던 검이 움직이기 시작했다.

더욱 깊숙이 들어가기 시작한다. 힘이 실렸다. 그리고!

푸우우우욱—

꿰뚫었다!

리람드의 핵을!

가까이 있는 그녀에게만은 꿰뚫리는 소리가 천둥 치는 소리만큼이나 크게 들렸다.

해냈다는 생각이 절로 났다.

—키야아아아아아아아아아아악!

고통스러운 듯 괴성을 내지르는 리람드.

번개로 이뤄진 몸이 배터리가 다 된 전등처럼 반짝이며 점멸되기 시작한다.

—키이!

이렇게 갈 수는 없다는 듯, 순식간에 야수와 같은 날카로운 손톱이 달린 팔을 뽑아낸다.

점멸되는 와중에도, 이서영의 눈을 마주한다.

쐐에엑!

그리곤 그대로 손을 휘두른다. 자신의 핵을 찌르고 있는 이서영을 죽이려는 마지막 발악이었다!

죽더라도 저승길 동료는 데려가겠다는 집요함이 서려 있었다!

하지만 그 정도쯤은.

"……이쪽도 이래 봬도 탱커라고!"

터어엉—

이서영의 손짓 한 번에 막힐 뿐이었다.

공격력은 부족할지언정, 방어력은 타고난 그녀이기에 잘도 리람드의 공격을 막아냈다.

아주 완벽하게!

그리고 동시에.

푸욱—

더욱 더 찔러 넣는다. 강하게!

—키야아악!

퍼엉!

점멸되던 몸이 순식간에 폭음을 내며 사라진다.

"읏……."

바로 앞에서 일어난 폭발이었다.

다만 꺼져가는 번개 속에서 일어나는 폭발은 그리 큰 타격이 되지 못했다. 눈이 아플지언정, 몸이 망가지지는 않았다.

준비를 한 것에 비해서는 짧았던 전투였다. 김기환이 없는 가운데 처음 이뤄진 레이드기도 했다.

믿을 수 없다는 듯, 온몸이 화상으로 뒤덮인 허웅이 묻는다.

"……끝난 거야? 크읏."

"예. 확실하게요."

리람드가 죽고 남은 핵.

반쯤 금이 간 주제에도 자신의 존재를 증명하려는 듯 여전히 밝게 빛나는 핵을 집어들며 답해 주는 이서영이었다.

"하…… 이 짓 두 번은 못 해먹겠군. 정말……."

다만 짧은 만큼이나 치열했던 전투가 끝을 맺었다. 허웅의 작은 푸념과 함께.

*　　*　　*

치열한 전투가 끝을 고해 가고 있을 때.

'멀군.'

미친 듯이 숲을 헤쳐 가는 김기환도 있었다. 당장 전투를 벌이는 것은 아니지만, 전력을 다해 뛴다는 건 피로감이 상당할 수밖에 없었다.

이능력을 이용해서 몸에 활력을 불어 넣지 않았더라면 진즉에 쓰려져도 이상하지 않을 정도였다.

그래도 속도가 빠른 덕에.

—취이익?

—취익!?

스쳐 가는 몬스터들 중에는 감히 방해를 하는 몬스터가 없었다.

지나가다 보이는 오크들도 고개를 갸웃거릴 뿐이었다.

인간에 대한 적대가 본능적으로 박혀 있지만 감히 반응할 틈도 없으니, 뭐가 지나갔다 생각만 할 뿐이었다.

오직 목적지만을 향해서 그렇게 달려갔다.

그리고 성과는 분명히 있었다. 분명히 꽤나 먼 거리지만,

'느껴진다.'

이능력자들의 기운이 느껴지기 시작했다.

아직 보지 못했지만 확신했다. 이 지역, 이곳에 있는 헌터들은 천정의 헌터들이 분명할 것이라고.

그들이 잡으러 온 몬스터에 대해서 이미 들은 바가 있으니,

'확실하지.'

이곳에는 분명 천정이 있을 거였다. 우연찮게 다른 길드가 같은 레이드를 하러 올 리도 없으니까.

드디어 찾았다는 생각에, 안 그래도 빠르던 속도를 더욱 끌어올리는 김기환이었다.

'모든 것은 예상대로지.'

자신의 계획대로 일이 돌아간다는 것에 얼굴에 미소가 가득했다.

하지만 그때 알아야 했다. 세상은 예상대로만 돌아가는 것이 아니란 걸.

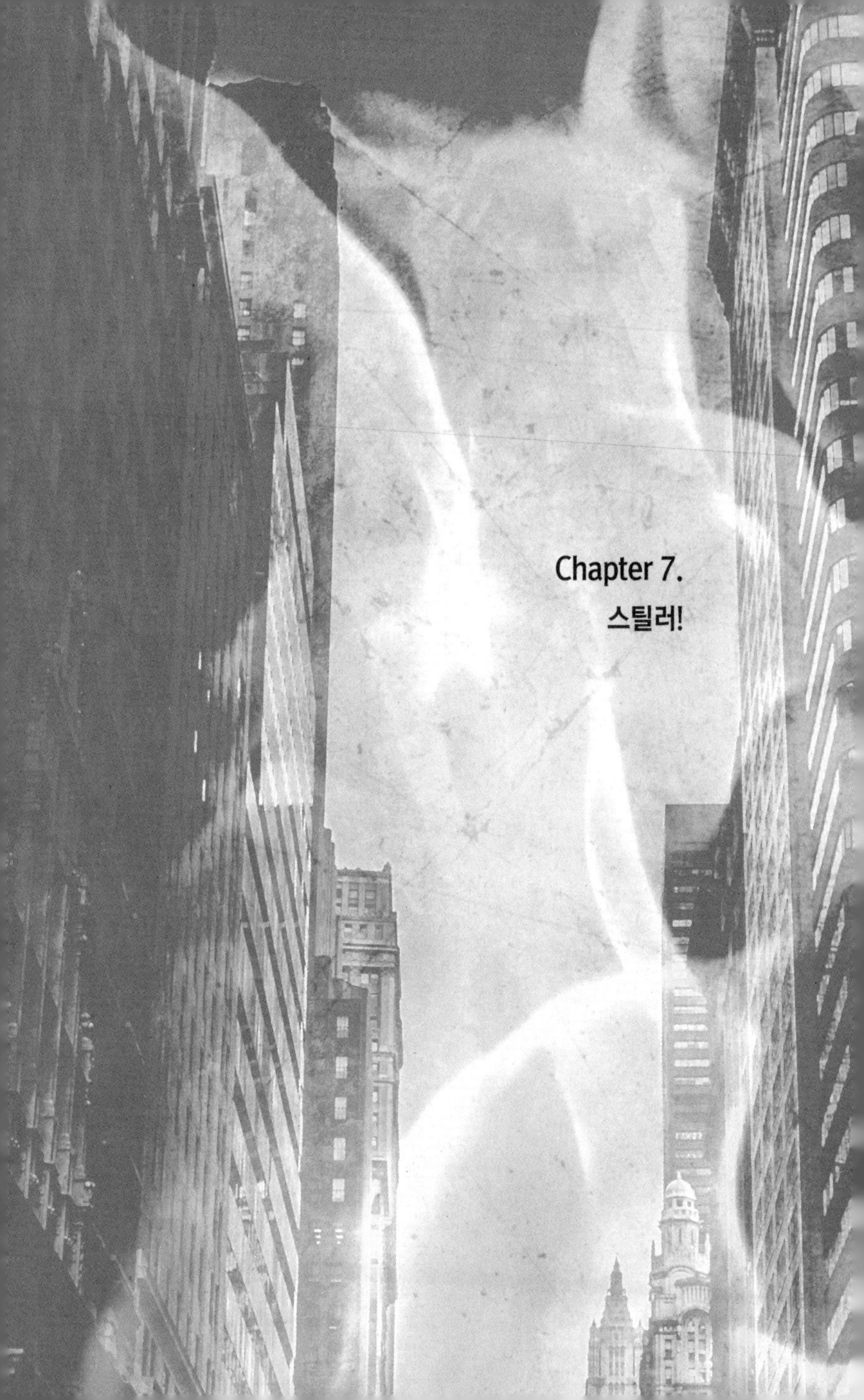

# Chapter 7.
# 스틸러!

뺏으러 왔다. 아니 뺏어야만 했다.

'그게 가장 쉬우니까.'

삼판 이선승제였다. 먼저 두 번의 레이드를 성공시키기만 하면 됐다.

각자 하나씩 레이드를 하고. 그러고도 결론이 내려지지 않으면, 그 다음 레이드를 실행하는 게 내기의 골자였다.

레이드를 가지고 내기를 한다는 점에선 전과 같았고, 한 번이 아닌 최소 두 번의 레이드가 이뤄진다는 면에서는 전과 달랐다.

같으면서도 다른 그런 내기였달까. 그래도 천정에서 모

든 걸 걸었으니, 받아들인 내기였다.

이길 거라 생각했고. 저들을 완전히 깨부술 수 있을 거라고 생각했다.

그런데 대체 눈앞의 이 상황은 뭐란 말인가?

'……제물이라고 해야 하나.'

몬스터들이 널려 있었다. 원래 여기에 있던 몬스터들이 아니었다. 오크, 리자드맨, 리피드, 고블린, 휴너드. 널려 있는 몬스터들의 수는 생각보다 많았다.

다시 말하지만 달려드는 게 아니었다. 심장이 펄떡펄떡 뛰는 산 몬스터가 아니라, 죽은 몬스터들이 한데 뒤엉켜 있었다.

'……착각이었네.'

뒤엉켜 있는 줄 알았으나, 미묘한 규칙이 있었다.

작게 보면 몬스터들의 사체가 널려 있는 거지만, 멀게 보면 규칙적으로 포개어져 있었다. 형이상학적인 어떤 규칙에 의해서 사체가 배열된 느낌이었다.

운이철이 여기 있었더라면 쉽게 뭔가를 분석해 냈을지도 모르겠지만, 나는 무리였다.

'어쩐다?'

레이드급 몬스터와는 약간 거리가 있는 곳에서 일을 벌이고 있는 천정. 저 안에 있을 레이드 몬스터. 그리고 나.

거의 삼각형의 대칭을 이루고 있는 상태. 미묘한 휴전의 상태다.

레이드급 몬스터는 눈치를 챘을 거 같은데 어쩐 일인지, 달려들지 않고 있는 상황. 무슨 수를 써서든 몬스터의 눈을 현혹시킨 게 분명하다.

여기서 선택해야 했다.

저들이 무슨 짓을 벌일지 지켜보거나, 바로 몬스터를 노리고 달려가거나. 그도 아니면.

'……전투 중이라고 하면 스틸이나 벌이려고 했는데.'

저들이 치열하게 싸울 때에 뒤통수를 치는 방법이 있었다.

평상시의 나라면 뒤통수를 치는 방법을 선택했을지도 몰랐다. 피차 서로 뒤통수는 몇 번씩이고 갈긴 상태이니, 거리낄 것도 없었다. 그게 가장 효율적인 방법이기도 했다.

하지만 지금은?

뒤통수를 후려갈기기 보다는, 지금 일어나고 있는 뭔가를 파악해야 한다는 생각이 들었다.

'뭔가 있어…….'

감이 말해 주고 있었다. 저들이 하고 있는 일에 뭔가 있다고. 그리고 그걸 꼭 알아내야만 한다고.

*　　*　　*

김기환이 몸을 숨기고 있는 상태. 보통이라면 김기환이 온 줄 모르겠지만, 이번만큼은 그들도 눈치를 채고 있었다.

"온 거 같은데요? 정지시킬까요?"

"……아니. 진행을 해야지."

이곳에 쌓여 있는 몬스터. 그리고 그들로부터 나오는 힘. 그 힘을 이용해서 이곳을 '영역화' 시켰다. 제물의 힘이었다.

'말도 안 되는 소리라 여겼는데…….'

처음 제니스에서 제안한 방법을 들었을 때, 말도 안 되는 생각이라 생각했다.

몬스터를 제물화시키고, 그걸 이용하다니?

육욕의 왕이 그 비슷한 기술을 사용하는 걸 알고는 있었지만, 그건 육욕의 왕이니 가능한 일이었다.

그리고 그런 기술조차도 육욕의 왕에게만 한정된 기술이었다.

결코 다른 이들에게 걸 수 있을 거라고는 생각지 못 했다.

그런데 육욕의 왕이 직접 온 것도 아닌데도,

'가능했군…….'

가능한 듯 보였다. 아니 가능하다.

눈앞에서 구체화되고 있는 걸 보면서도 아니라고 말할 수는 없었다. 그러니 믿을 수밖에 없었다.

몬스터의 사체를 이용해서 자신의 영역을 구축하고, 그 힘을 사용하는 것.

이건 정말 육욕 그밖에 안 되는 일이었는데, 그걸 눈앞에서 벌이고 있지 않은가. 육욕의 왕이 없이도!

'소름 끼칠 정도군…….'

육욕의 왕과 깊게 이어져 있는 제니스이기에 가능한 재주일지도 몰랐다. 모르긴 몰라도 그들이 뭔가를 해낸 게 분명하다.

자신이 제니스에 있을 때도 온갖 잔혹한 일들을 벌이더니, 드디어 성과를 얻은 게 틀림없었다.

주어진 이능력을 단순히 수련하고 사용하는 것을 벗어나, 어떤 방식으로든 활용을 하는 방법을 얻어낸 것이다.

대단한 일이었다. 그리고 동시에 소름이 끼칠 수밖에 없었다.

'몇 명이나 죽였을까.'

이런 일이 이뤄지기까지 얼마나 많은 희생을 치렀을까.

사람을 죽이고, 부숴가면서 실험을 이어가는 제니스다. 육욕의 왕이라고 다를 바가 없다. 그리고 그런 실험에는 한

때 자신도 한 몫을 했었다.

제니스가 죽이라면 죽였고, 죄도 없는 자들을 데려가서 정신적으로 부숴버리기도 했다.

그러니 알 수밖에 없었다.

이들이 이 정도 성과를 내려면, 얼마나 많은 가늠하지도 못할 사람들을 죽였을지를! 얼마나 잔혹한 짓을 벌였을지를!

하지만 그럼에도. 빌어먹게도. 자신의 성격과는 맞지 않지만.

'받을 수밖에 없지.'

저들이 벌인 잔혹한 일들의 성과, 몬스터의 사체를 제물화시켜 그 힘을 이용하는 미친 짓에 자신도 동참을 할 수밖에 없었다.

"준비됐습니다. 오시죠."

"그래……."

자신이 아끼는 천정. 천정의 길드원들이 희생을 해가며 얻은 사체이며, 그들의 희생을 통해 쌓은 사체의 제단을 정상수가 걸어 올라간다.

그 뒷모습을.

"……."

진찬수는 아무런 말도 하지 않은 채로 바라볼 뿐이었다.

아주 가만히. 뭔가를 안다는 듯 안타까운 눈을 하고서.

'……무당인가.'

정상수가 다가오자, 지금까지 잘도 모습을 숨기고 있던 그녀가 모습을 드러냈다.

항상 얼굴을 가리고 있던 가면을 벗어내자, 누구라도 빠져들 만큼 대단한 미색이 드러난다.

제니스에서 천정으로 지원을 왔을 때부터 지금까지 모습을 드러내지 않더니 이제야 본모습을 드러냈다.

이런 자리가 아니었다면 혹할 법도 했지만, 정상수는 가만 그녀를 바라볼 뿐이었다.

"준비는 다 됐습니다."

입을 연 건 그녀였다. 이름 모를 그녀는, 아름다운 외모와는 다르게 갈라지는 목소리가 났다.

목이 잠겨서? 그런 건 아니었다. 고작해야 그런 이유라기엔 너무도 탁했다. 또한 기괴했다.

'……신기하군.'

늙은이의 목소리와 젊은이의 목소리가 한데 나는 느낌이었다. 한 사람의 몸에서 두 나이 대의 목소리라니? 신기할 수밖에 없었다.

"여기 서시면 됩니다."

정상수가 신기함을 느끼든 말든, 그녀는 자기 할 일만을 했다. 아주 사무적으로.

그를 안내했다.

"후……."

그를 한 곳에 세웠다. 그 자리는 정확히 중앙이었다. 모든 몬스터들의 사체가 있는 곳의 중앙.

상하좌우. 몬스터의 사체가 널려 있는 곳. 그 한가운데에서 있는 기분이란 기묘하기 짝이 없었다.

'미치겠군.'

후오오옹—

무슨 짓을 한 건지 정상인 사람도 미쳐버릴 만큼 음울한 기운이 휘몰아치고 있었다.

우우웅— 우웅—

처음에는 괜찮았지만, 갈수록 기운의 휘몰아침이 강해지고 있었다. 기운의 울림이 커지고 있었다.

짜르릉— 짜릉—

방울 소리?

어느샌가 그녀가 품에서 수십 개의 방울이 달린 기다란 막대를 꺼내 흔들고 있었다.

고대에 제사를 지낼 때 사용했다던 그것과 비슷했다.

"……."

들릴 듯 말 듯 무언가를 중얼거리기 시작한다.

가장 가까이에 있는 정상수로서는 얼핏 목소리가 들리긴 했지만, 의미를 알 수가 없었다. 기괴한 소리였다. 사람이 내는 목소리가 아니었다.

뜻을 모르는 정상수로서는 단지 음울한 울림이었다.

하지만 그 울림은 분명 뜻이 있었다. 그녀의 울림이 짙어지면 짙어질수록 사체로부터 얻은 기운들이 크게 휘몰아치고 있었다.

"흐으……."

정상수가 자신도 모르게 작은 신음을 흘릴 정도로 거대한 기운이 증폭되고 또 증폭됐다.

처음의 몇 배. 아니 몇십 배.

음울함이 계속해서 커져 간다. 동시에 기운도 계속해서 커져 간다.

'……미친!'

이 일을 선택한 정상수로서도 감히 예상치 못한 어떤 힘이 일어난다.

순간 그의 눈에 모든 것이 붉게 보이기 시작했다.

그의 주변을 감싸고 있는 기운이 붉어서일까? 아니면 그의 눈에 피가 몰리기 시작해서일까?

정상수로서는 알 수가 없었다.

타이밍도 좋게.

"히야악……."

알 수 없는 신음을 여인이 내뱉는다.

반쯤 눈을 뒤집어 까고, 끊임없이 알 수 없는 주문 비슷한 걸 외우며, 괴물들의 기운을 조종하는 그녀는 확실히 요물이었다.

미친 듯이 광기가 더해진다.

더! 더! 더!

끝이라고 생각하면, 그게 끝이 아니었다. 어느덧 기운은 수백 배로 증폭된 느낌이었다.

후우우웅—

수백 마리의 사체로부터 나온 모든 기운들이 정상수가 서 있는 정중앙으로 모여들기 시작했다!

거센 바람처럼!

기운이 휘몰아치기 시작한다.

"흐으…… 흐……."

정상수의 눈이 더 붉어진다. 몸을 부르르 떤다. 고통일까? 환희일까? 오직 답은 정상수 그만이 가지고 있었다.

조금씩. 조금씩. 빠르게!

그의 몸에 떨림이 강해진다. 그녀의 울림도 더욱 깊어진다.

더 ! 더! 더! 계속해서!

그리고 어느 순간!

"하아악!"

그녀가 신음을 흘린다. 어떤 거대한 무언가를 느낀 듯이, 흡사 오르가즘이라도 느낀 듯이 내뱉은 신음은 야스럽기 그지없었다.

그 대신. 그녀의 곁에 있던 정상수는.

"캬아악. 크아아아아악!"

고통 어린 비명을 내지르기 시작했다.

온몸을 이리저리 비틀기 시작했다. 그의 몸이 떠오르기 시작했다. 휘몰아치는 기운들이 그를 강제로 띄워 올렸다.

그가 고통스러워하든 말든. 기운들은 정상수의 육체가 자신의 보금자리라도 되는 듯이 파고들어 갔다.

계속해서! 그가 고통을 느끼든 말든 신경 쓰지 않고!

그의 육체에 있는 세포 하나, 하나를 차지하려는 기세로! 끊임없이 들어가고 또 들어갔다.

기운이 계속해서 담겼다.

수백의 몬스터. 그리고 몬스터를 잡기 위한 헌터들의 희생이 담긴 그 기운들이!

그리고 어느 순간.

화아아아악—!

그 모든 기운들이 들어갔을 때.

"키익……."

광자(狂者)가 태어났다.

*　*　*

"이런 미친……."

눈앞에 벌어진 일은 환상이 아니었다. 정상수의 몸에 기운이 쌓이고, 비틀리고 변화가 일어나는 걸 직접 봤다.

그건 괴물을 만들어낸 작업이었다.

"킥…… 키킥……."

웃음을 흘려대는 괴물.

겉모습은 정상수일지언정. 속은 전혀 아니었다.

그로 인해 몇 가지를 깨달을 수 있었다. 수없는 경험을 쌓은 나이기에 확실히 알 수 있었다.

저건 지금까지 내가 상대했던 정상수가 아니었다. 저 육체는 이미 정상수의 것이 아니었다. 내가 알던 정상수는.

'저 안에 갇혔거나…… 사라진 건가?'

운이철처럼 이론적으로 설명을 할 수는 없지만, 본능적으로 알 수 있었다. 저건 정상수가 아니라고!

*　　　*　　　*

김기환이 놀라든 말든. 그녀는 자기 할 일만을 이어갈 뿐이었다.

"……죽여."

정상수에게 명령을 내렸다. 당연하다는 듯이.

아무리 제니스에서 파견 나온 그녀라지만 정상수에게 명령이라니? 말도 안 되는 일이었다.

그런데.

"킥…… 알았다고. 그게 대가라면."

정상수는 아주 자연스럽게 그녀의 명령을 받아들였다.

알 수 없는 존재가 된 정상수. 그가 가지고 있던 기운이 아닌, 몬스터의 사체로부터 비롯된 기운을 사용하는 정상수는 한없이 기괴했다.

"흐으…… 이렇게인가."

처음에는 몸이 적응이 안 되는 듯, 이리저리 비틀며 움직였다.

우드득— 우득—

인간의 몸으로는 움직일 수 없는 각도로 움직여서, 뼈가 어긋나는 소리도 날 정도였다. 우스운 건.

우드드득—

어긋났던 뼈가, 어긋나자마자 바로 다시 회복이 된다는 거였다. 분명 어그러진 뼈가 순식간에 다시 돌아왔다. 스스로.

치유계의 치유도 들어오지 않았는데, 자가 회복이라니.

본래의 정상수는 그런 능력이 없었다. 탱커로서 강할지언정, 회복 능력이 이리 무식할 정도로 강하진 않았다.

"됐군."

몇 번이고 뼈를 어긋나게 움직이고, 어색한 듯 움직이던 그의 움직임이 멈췄다.

조율이 끝난 듯이, 자연스러워졌다. 방금 전까지만 하더라도 자신의 움직임을 부자연스러워 하던 것치고는 너무도 빠른 적응이었다.

"가볼까."

말은 짧았으나, 그 결과는 결코 짧고 간단하지 않았다.

파앙—

공기를 박차버린다. 그대로 쏘아진다. 준비 자세 없이 움직인 것치고는 굉장한 움직임!

그대로 쏘아진 그의 몸은 순식간에 목표가 있는 곳을 향했다.

*　　*　　*

키르카시.

육체파 몬스터. 리람드처럼 번개를 사용하지도 않으며, 이프리트처럼 불을 사용하는 것도 아니다.

최하급의 몬스터처럼 육체적인 능력만이 있을 뿐이었다.

하지만 그렇다 해서 결코 경시하면 안 됐다.

거대한 곤충형의 몬스터인 키르카시. 장수풍뎅이를 늘려낸 거 같은 기괴한 키르카시는 온몸이 무기였다.

여섯 개의 길게 뻗은 다리는 그 자체가 거대한 검과도 같았다.

온몸 곳곳에 가시가 솟아 나 있었으며, 그 가시가 박혀 있는 두터운 거죽은 갑주라도 된 듯 단단했다. 무엇이든 막을 수 있는 방어구였다!

온몸을 뒤덮고 있는 거죽은 존재 그 자체로 공방 모두에 뛰어났다.

거기에 날개까지 달려 있었다.

순간적이긴 하지만, 치솟듯 날아올라 뛰어 내리며 상대를 꿰뚫을 수도 있을 정도였다.

몸을 띄워 주는 날개조차도 무기였다. 쭉 뻗은 다리만은 못해도, 그 강력함은 어지간한 이능력자는 찢어발길 수 있을 정도였다.

온몸이 무기다.

여기에 영악하기까지 했다.

풍뎅이의 몸체는 얼핏 보면 둔하게만 보이지만, 놈은 전투에 있어서는 스페셜리스트였다.

자신의 몸을 어떻게 사용을 해야 할지, 어떤 식으로 싸워야 할지를 본능적으로 알았다.

그게 육체적인 힘만으로 놈을 레이드급 몬스터로 만들어 낸 저력이었다.

특수한 능력이 없이도, 온갖 이능력을 가진 헌터들을 아작을 낼 줄 알았다.

극한의 육체. 극한의 전투 방식.

이런 류의 몬스터가 상대하기 제일 까다로웠다.

특수한 능력을 가진 몬스터의 경우, 특수한 능력을 봉인하면 공략이 된다.

하지만 이런 경우에는 그럴 방법이 없었다.

오로지 정공법!

힘 대 힘! 육체 대 육체!

그것만으로 공략이 가능했다. 가장 쉬운 공략법이지만, 가장 까다로운 공략법이 될 수밖에 없었다.

하지만.

"……여기군."

공기를 찢어발기듯 박차고, 순식간에 도착한 정상수에게는 가장 쉬운 대상일 수도 있었다.

"우선은 너다."

우득. 우득.

온 뼈마디가 울릴 정도로 몸을 작게 줄인다. 튀어오르기 전의 용수철처럼.

—캬오!

감히 자신의 영역에 침범한 정상수를 용납할 수 없다는 듯 키르카시가 괴성을 지른다.

정상수의 살기를 읽어 내고, 순식간에 전투태세로 변화한다.

등 뒤의 날개를 적당히 펴고, 온몸의 가시들을 곧추세운다. 날카로운 칼날이 될 여섯 개의 다리가 언제고 휘둘러질 수 있는 각도로 변환된다.

그 모든 걸 정상수가 가만 지켜본다.

"우습군."

피식 웃어 보이고서는.

파앙—

튀어나간다. 온 힘을 다 모은 용수철처럼!

—키이!

키르카시도 지지 않았다. 기다렸다는 듯 동시에 튀어나간다.

거대한 거체와 인간의 육체가 부딪친다.

처음엔 굉음이 인다. 그리고 다음은.

퍼어어엉—!

—키익!?

육체가 터지는 소리가 났다. 키르카시의 가슴어림에 거대한 구멍이 났다. 인식을 하기도 전에 아작이 나버렸다.

이건 키르카시로서는 생소한 경험이었다.

단 한 번을 부딪쳤을 뿐인데 자신의 몸에 구멍이 나다니?

이건 말도 안 됐다. 반대여야 했다! 키르카시 자신이 아니라 저 연약한 육체를 가진 인간이 아작이 나야 했다.

으깨지다 못해 곤죽이 나버려야 했다.

그런데 자신의 몸에 구멍이 나버렸다.

통각이 없는 곤충형 몬스터이기에, 고통은 느껴지지 않지만 영악한 머리는 자존심이 상해버렸다.

스르르르르—

키르카시의 육체도 그에 호응하듯이, 순식간에 상처를

수복해 버렸다. 순식간에 가슴어림에 났던 구멍이 사라져 버린다.

다시 거죽이 생겨나고, 그 거죽 위에 가시가 자라난다. 마치 아무런 일도 없었던 것처럼.

육체만으로 레이드급이 된 키르카시답게 굉장히 빠른 재생 능력이었다.

그런 키르카시를 정상수는 가만 바라보고 있었다. 흡사 놀이터에서 재미난 장난감으로 작은 잠자리를 발견한 어린 아이처럼 눈까지 빛내고 있었다.

이 전투를 즐기는 순수한 눈빛이었다.

동시에 잔혹한 눈빛이기도 했다. 아이에게 아무런 힘도 없는 작은 잠자리가 주어졌을 때. 그 잠자리는 그 무엇보다 잔혹하게 죽는다.

부웅대며 날아가려고 하는 날개가 가장 먼저 찢어진다. 도망갈 탈출구가 없게 된다.

그 다음에는 꼬리를 으깬다.

안에 무엇이 들었는지를 봐야겠다는 작은 궁금증 때문이다. 순수한 호기심에 의한 결과는 언제나 잠자리의 육체를 으깨는 것으로 끝이 난다.

그러고도 짧은 생을 조금이나마 이어가려는 잠자리는 계

속해서 파닥댄다.

찢어져 버린 날개로 부웅—부웅— 어떻게든 빠져나가려고 하면서. 온몸을 비틀어대면서, 다시금 놓아 달라 갈구한다.

하지만 언제나 결과는 같았다.

그 짧은 생은 이어지지 못한다. 아이의 작은 장난에 잠자리의 가냘픈 몸짓은 해체되고 부서진다.

날개. 몸통. 다리. 눈.

그 모든 것들이 장난감이 돼 버린다.

정상수의 눈빛도 잔혹한 아이의 그것과 닮아 있었다.

"킥킥. 놀랐냐?"

이 순간을 즐기고 있었다.

—캬오오!

키르카시가 열이 받는 듯, 온몸의 가시를 세우고 돌진을 하지만!

터엉!

단 한손으로 키르카시의 거대한 육체를 막아버리는 정상수였다.

—키이이!

질 수 없다는 듯 끊임없이 긴 다리로 힘을 줘서 전진을 하려 하지만, 헛된 몸짓이 됐다.

잔혹한 아이 앞에서 작은 벌레는 결국 재미삼아 죽이는 장난감밖에 되지 못했다.

감히 덤벼보아야 남는 것은 죽음뿐.

"좀 더 움직여 보라고!"

휘이익— 휙!

—키이이!

키르카시를 막고 남은 한 손. 그 한 손으로 주먹을 날린다.

정상수의 육체가 부풀어 오른 것은 아니기에 단지 허공에 주먹이 휘둘러질 뿐이었다.

하지만 그 결과는 단순히 허공에 주먹질을 한 것이 아니었다.

주먹질은 그의 이능력과 함께 쏘아져 나갔다. 주먹의 궤적이 지나가는 곳마다 순수한 물리력을 가진 이능력이 발휘되어 날아갔다.

어떻게든 그를 이겨내려는 키르카시를 향해서!

푸우우욱— 푸욱— 푹—

주먹질 한 번. 주먹질에 만들어진 이능력.

그 이능력이 키르카시의 몸에 닿을 때마다 몸이 으깨져 버린다.

검처럼 휘둘러대던 다리가 꺾이다 못해서 뒤틀려 버린

다.

키르카시가 자랑하던 뿔이 으깨진다.

몸이 곤죽이 되어간다.

스으으으으—

초월적인 재생력이 발휘되어 다시 수복을 하기는 하지만, 그뿐.

"킥킥."

놀이터의 작은 아이가 즐거워하며 주먹을 날리면 날릴수록, 키르카시의 몸은 더 크게 으깨져 간다.

몸을 수복하는 속도보다, 망가지는 속도가 더욱 빨랐다.

"역시 처음은 다리지."

푸우욱—

말이 끝나자마자 여섯 개의 다리가 전부 으깨졌다. 온몸의 다리가 다 사라졌다. 수복하려는 몸이 애처로울 정도였다.

"다음은 날개인가?"

탓. 정상수가 순식간에 땅을 박차고 뛴다. 순식간에 그의 신장의 수배는 됨 직한 높이로 튀어 올라간다.

—키이!

키르카시가 그런 정상수의 뒤를 쫓아가려 하지만, 이미 늦었다.

"찢어져라."

후아아앙—

정상수의 공격이 먼저였다. 그의 손에서 튀어나간 이능력은 이미 날아오르려고 하고 있는 키르카시의 몸에 도달해 있었다.

퍼어엉! 퍼엉!

키르카시가 자랑하던 두 날개. 언제나 키르카시가 다른 몬스터를 으깰 수 있게 도와주던 두 날개가 되레 으깨졌다.

쿠우우웅—

떠오르던 키르카시의 거체가 그대로 땅에 처박힌다. 날개를 잃어버린 키르카시가 날 방법은 당장 없었다.

타악.

그 위에 정상수의 몸이 안착한다.

퍼어억. 안착한 발아래의 몸이 그대로 으깨진다.

—키에엑!

괴성을 내지르는 키르카시가 어느새 수복한 다리를 휘둘러서 등 뒤의 정상수를 공격하려 해본다.

우드드드득—

자신의 다리를 반대로 꺾어가면서 하는 공격이었다.

하지만 무용(無用)! 아무런 쓸모가 없었다. 정상수의 이어지는 행동을 막을 수가 없었다.

퍼어억. 퍼어억.

그의 두 발이 움직일 때마다 발이 닿는 곳의 육체가 그저 으깨질 뿐이었다.

"키킥……."

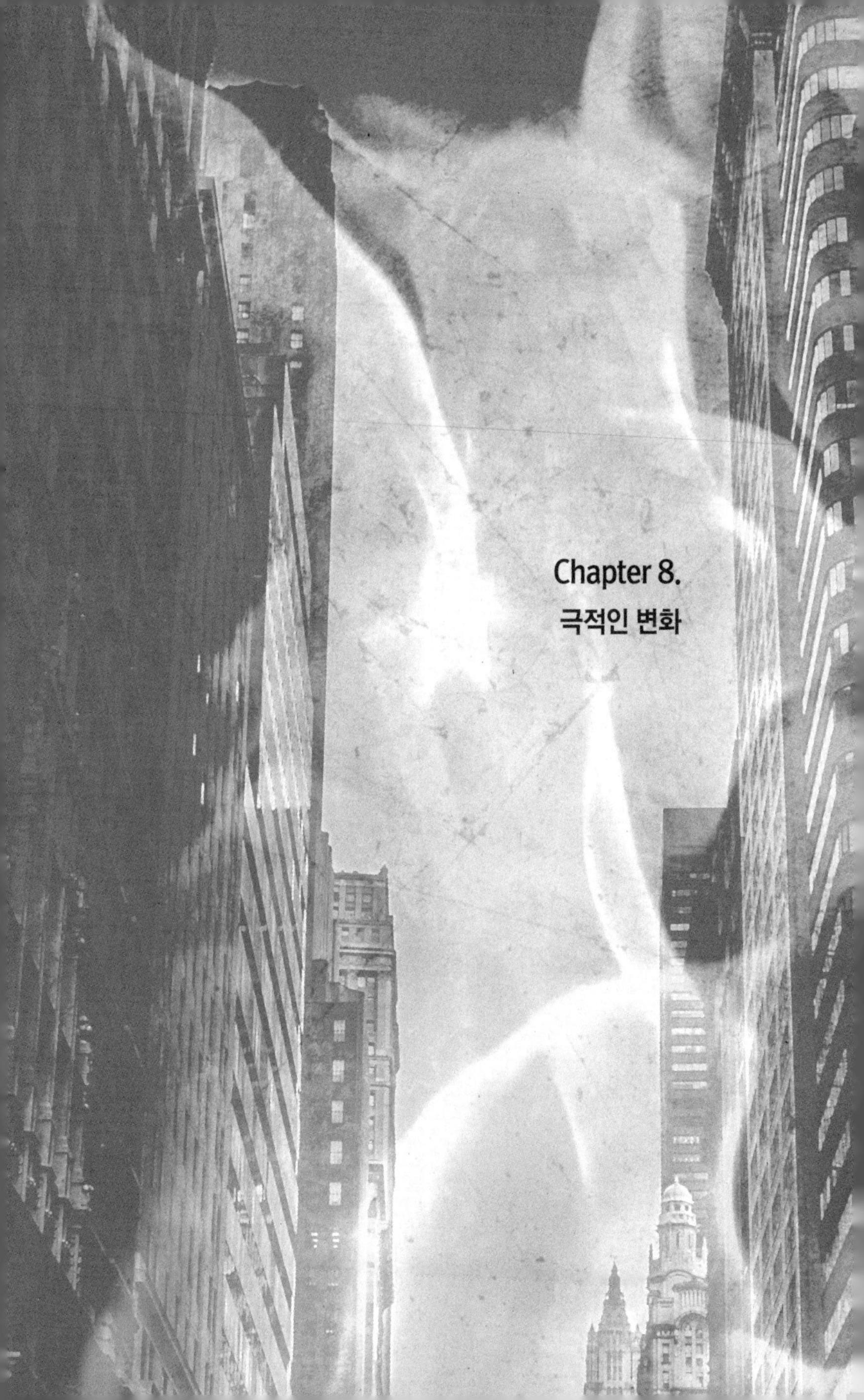

# Chapter 8.

## 극적인 변화

"키키키킥…… 더 움직이란 말이다!"

악동의 악행은 계속 이어져 갔다. 이미 승패는 가려진 지 오래. 키르카시의 머리를 곤죽을 내면 진즉에 끝날 전투였는데도.

—키이이이이!

키르카시의 발악을 즐기듯이, 가지고 놀 뿐이었다.

몸이 수복되면 그걸 다시 부수고, 으깨는 걸 반복한다.

마치 장난처럼 그걸 즐긴다. 즐길수록 더욱 행복한 표정을 한다. 광기가 더해져 간다.

"킥킥. 좋다고. 더 발악해 봐라!"

콰앙! 와즉!

진심으로 신이 난 듯이 얼굴까지 벌게져서는 키르카시를 가지고 놀고 있었다.

계속 회복이 되는 키르카시로는 죽을 맛이었다!

이미 자신이 상대가 되지 않는다는 걸 알면서도, 정상수에게 한 방을 먹이겠다는 일념으로 버틸 뿐이었다.

패배는 곧 죽음인 것을 알지만, 마지막의 마지막까지 상대에게 한 방을 먹일 생각만이 키르카시의 머리엔 가득했다.

자신을 가지고 장난감 취급하는 놈에게 한 방이라도 먹이는 것!

그게 키르카시로서는 마지막 하나 남은 자존심이었다.

후우웅—

어떻게든 다리를 휘둘러 보고, 수복된 날개로 정상수의 목을 노려보기도 하지만. 언제나 허무한 몸놀림이 될 뿐이었다.

키르카시의 모든 걸 건 공격을 정상수는 잘도 피해냈다.

"더. 더 해보라고! 더 반항해 보란 말야!"

퍼어어억—

그리곤 키르카시의 반항을 즐기듯이 더욱 의욕을 키울 뿐이었다.

이대로라면 며칠이고 이 미친 장난이 이어질 기세였다. 그는 질리지 않는 듯 보였다. 무언가를 부수는 것에 행복을 느끼는 가학적인 변태와 같았다.

광기가 낳은 괴물이었다.

*　　*　　*

하지만 결국 그 미친 행위도 끝이 있었다.

"……그만하죠? 정상수 씨."

"키킥. 왜! 이렇게 재밌는 것을!"

"그 정도면 충분하잖아요."

"……시끄럽다고. 너도 이 꼴이 되고 싶은 거냐? 응?"

정상수를 광기에 젖게 만들었던 그녀가 와서 제지를 하지만 당장은 먹히지 않았다. 대신.

"형님! 그만하십시다!"

"……길드장님!"

천정의 길드원들이 달려와, 진찬수를 필두로 한 간부들이 그를 막자,

"크흐……."

정상수가 머리가 아픈 듯 왼손으로 머리를 감싸 쥐었다. 광기에 젖어 있었던 눈에서 조금은 광기가 가셨다.

시뻘겋던 눈에서 약간이지만 광기가 지워졌다.

"크으……."

눈을 뒤집어 깐다. 부들부들 떤다. 그러다가 다시금 눈이 돌아온다.

"흐……."

퍼어어억—

광기 어린 행동을 멈추고는, 발로 반항하고 있는 키르카시의 머리를 으깨버린다.

으적.

—키이이이이익!

그대로 뚫리는 구멍. 마지막 괴성을 끝으로.

쿠우우웅—

키르카시의 몸이 그대로 무너져 내린다.

*　　*　　*

그대로 키르카시로부터 뛰어내리는 정상수.

"……미친 힘이군. 킥…… 아니, 아닌가."

붉어졌다가, 정상으로 돌아왔다가 하는 정상수의 모습은 분명 정상은 아니었다.

정상인 모습에 광기가 덧칠된 모습이었다. 말투도 조금

씩이지만 왔다 갔다 하는 그였다.

그런 그에게로 진찬수가 달려 나간다. 다른 간부들도 일단은 함께였다. 다들 불안한 표정을 짓고 묻는다.

"형님! 괜찮습니까?"

"……조금은."

정상수는 뒷말은 삼켰다.

'……얼마나 버틸지는 모르겠다.'

라는 말을. 차마 진찬수에게 내뱉을 수가 없었다.

지금도 끊임없이 머리가 울리는 느낌이었다.

—죽여! 죽어! 죽여! 죽어!

자신을 죽이라는 것인지, 누군가를 죽이라고 하는 건지. 그 의미를 알 수 없는 울림은 계속됐다.

'젠장…….'

쉽게 생각하지는 않았지만 생각 이상이었다.

넘쳐나는 힘. 본래 가지고 있던 이능력의 몇 배는 되는 힘을 가진 상태지만, 이런 광기라니.

육욕의 힘이 이런 식이라면, 육욕의 왕이 미쳐가는 것도 이해가 갈 만했다. 이건 광기의 집합체였다.

힘이라고 말하지만, 다른 말로는 광기 그 자체였다.

오로지 살의.

몬스터가 되는 느낌이었다. 몬스터가 인간에게 가지는

살의가 그대로 옮겨온 느낌이었다.

힘을 주는 대신에 광기에 젖는 그런 느낌.

수십, 수백의 살의가 뒤엉켜 몸 안에 새겨졌다. 살의가 온몸을 갉아먹고 있는 듯했다.

'애매하군.'

어마어마한 힘에 대한 대가치고는 싸게 느껴지기도 하지만, 정상수 한 개인으로서는 최악의 후유증이었다.

언제까지, 이 광기를 버텨낼 수 있을지 장담을 할 수가 없다.

이 모든 광기는.

"……."

저 멀리서 숨김없이 자신을 바라보고 있는 자. 아까부터 느껴졌던 그가 원인이었다.

*　　*　　*

눈이 마주쳤다. 애당초 일부러 모습을 드러낸 것도 있었다. 어쩌면 미리 알고 있었을지도 모른다.

그 정도 힘을 가졌는데 주변에 있는 자신을 느끼지 못하는 것도 이상했다.

"새끼……."

눈빛을 피하지 않았다. 마주했다.

미친 방식으로 힘을 획득한 것을 알지만, 꿀릴 것도 없다고 생각했다.

'생각보단 어려워졌군…….'

다만 정상수의 힘이 예상 이상으로 커졌다는 걸 알았으니, 예상대로 움직여서는 안 됐다.

생각보다 더 빠르게 움직여야 할 상황이었다.

정상수의 무지막지한 모습 덕에, 키르카시가 순식간에 무너졌으니 바로 다음 레이드를 준비해야 했다.

스르륵.

잠시 묶어뒀던 힘을 풀었다. 정상수의 시선이 느껴지든 말든, 빠르게 움직였다.

*　　*　　*

"정리한다."

"예!"

일 대 일이 됐다. 처음으로 김기환과 같은 선에 섰다. 레이드에 확실히 성공했다. 문제는 이 다음이다.

다행인 건.

"어서 정리해!"

"알겠습니다!"

천정의 사기가 조금 올랐다는 거 정도.

언제나 김기환에게 밀리기만 하고, 어느새부턴가 김기환의 수에 말려들었던 천정이 아니었던가.

김기환의 무지막지한 힘은 사람을 질리게 하는 면이 있을 정도였다.

그런데 자신들의 길드장이 해냈다.

김기환이 보여줬던 미친 힘과 비슷한 힘을 분명히 냈다. 단시간에는 불가능할 거라고 생각했던 힘을 내 줬다.

'기묘하긴 해…….'

그 방식이 비록 괴이하기는 했지만, 어떠랴.

힘이 없는 것보다는 낫다는 걸 여기 있는 자들은 모두 잘 알았다.

저 정도 힘이라면, 김기환에게 이길 수 있다는 희망이 생겼다.

'조금은 생각해 봐야 할지도?'

'……이상하긴 하지만.'

대다수가 천정에 나가려고 했던 생각을 지우고, 잠시지만 다시금 천정에 정을 붙일 마음을 가질 정도였다.

강자에게 붙는 게 이득인 걸 확실히 아니까.

묘한 균열은 여전했지만, 힘으로 그 균열을 아득바득 붙여버리는 정상수였다.

과연 이게 천정의 모든 이들에게 득이 될지는 두고 봐야만 할 일이었다.

*　　*　　*

'오늘은 뺑뺑이만 도네.'

하는 일도 없이 뺑뺑이만 도는 느낌이었다. 그래도 성과가 전혀 없지는 않았다. 적이 어떤 식으로 나오는지를 어느 정도 알았다는 건 성과였다.

몬스터를 뺏는 데는 성공하지 못했지만, 아무것도 없는 거보다는 나았다.

그렇게라도 생각을 해야 했다. 일단은.

'꽤 큰일을 벌이는데.'

이쪽도 질 생각은 없었으니까.

'저기군!'

도착을 했다. 미친 듯이 달리니 금세 도착을 할 수밖에 없었다.

자라난 길드의 마크가 새겨진 막사들이 보인다.

멀리서 봐도 막사의 분위기는 나쁘지 않았다. 환히 불이 밝혀진 것을 보면, 주변의 몬스터를 신경도 쓰지 않는다는 의미였다.

이곳은 리람드의 영역. 그럼에도 저리 불을 환히 밝혔다는 건, 이곳에 리람드가 없다는 뜻이었다.

그러니 저 막사는 레이드에 성공을 했다는 의미였다.

"엇! 길드장님!"

"급해서 일단 간다!"

자신을 알아보는 길드원들은 우선 지나쳤다. 환하게 반기는 모습이 이쁘기는 하지만, 당장은 그게 중요한 게 아니었다.

'제일 큰 거.'

눈으로 급히 제일 큰 막사를 찾았다. 평소처럼 딱 중심에 있었다. 오랜 시간 찾을 필요가 없었다. 바로 들어섰다.

운이철. 허웅. 마동수. 이서영. 이준성. 다른 간부들까지. 모두 자리를 차지하고 있었다. 그 얼굴들을 하나하나 바라본 기환이었다.

그리고 그제서야 완전히 안심을 했다.

'다행이군.'

모두가 있었다.

허웅이나 이준성이 생각 이상으로 초췌해 보이기는 하지만 그래도 살아 있으면 됐다. 후유증이 있으면 시간을 두고 치료를 해주면 될 일이었다.

분위기로 봐서는 미리 예상을 하기는 했지만, 눈으로 확인을 하니 완전히 안심해버렸다.

훕 하고 크게 한숨을 내쉬려니.

"오셨습니까?"

"예. 왔죠."

운이철이 웃으면서 자신을 맞이한다. 꽤 자신만만한 얼굴이었다.

하기는 김기환이 없이도 자라난 길드의 힘만으로 레이드를 해내지 않았나.

핵심이 빠진 채로 해냈으니, 그들이 자신만만해하는 것도 이해는 갔다. 꽤 보람찬 일이 됐을 거다.

언제나처럼 김기환의 보호만을 받는 게 아니라, 자신들의 손으로도 해냈다는 느낌은 남다를 수밖에 없으니까.

'미안하긴 한데…….'

하지만 그런 분위기에 김기환은 찬물을 끼얹을 수밖에 없었다.

"천정이 미친 짓을 했더군요."

"무슨 미친 짓을 말입니까?"

"그게……."

자신이 보고, 경험한 것들을 하나둘씩 이야기하기 시작하는 김기환이었다.

그의 말이 계속해서 이어지면 이어질수록 모두의 표정이 심각하게 변해간다.

저크, 주은영들을 겪어오면서 몬스터를 이용하는 게 더는 놀랄 일은 아니었지만, 그들의 적인 천정이 수백의 몬스터를 제물 삼아 강해진 건 확실히 문제였다.

비록 정상수에 한정된 일이었다고 하지만, 이렇게 돼서야 예측범위 밖이라고밖에 말이 안 나온다.

"……결국 그렇게 됐군요."

운이철도 이 점은 생각지 못했는지, 꽤나 심각한 표정을 지었다.

"이쪽도 여럿 무기를 꺼내야겠는데요?"

"……그래야겠죠."

"손해가 날지도 모르겠군요."

다들 이야기를 이어간다. 조금씩. 조금씩.

그들을 압박하고 있는 천정을 무너트릴 계책을 생각해 가면서.

하지만 그때 알았어야 했을지도 몰랐다. 차라리 눈앞의 적은 별거 아닐지도 모른다는 걸.

더 큰 암수가 그들을 향해서 다가오고 있었다.

*　　*　　*

어두운 밤.

화려하다기보다는 투박한 곳에서 목소리가 울려 퍼진다.

이제는 익숙해져 가는 목소리다. 초대 헌터들 중 일인이자, 이 일의 주최자라 할 수 있는 안일석, 그의 목소리였으니까.

어둠 속에서.

항상 뒤에 숨어 일을 획책하던 그가 조금씩 조금씩 바깥으로 모습을 드러내 왔으니, 그의 목소리에 익숙지 않은 것이 오히려 이상한 일이었다.

"하하. 성공을 했다고? 드디어?"

"예. 반이지만 분명 성공을 했다고 합니다. 광기를 조절하지는 못하는 듯 보였으나 그마저도 금세 극복해 냈다고 합니다."

"광기라…… 그건 축복이지."

그의 얼굴에는 환희가 가득했다.

그의 계책. 그 자신만이 그리고 있는 큰 그림에서 가장 중요한 계획의 성공이 머지않았기 때문이리라.

'꽤 긴 시간이었다.'

뒤에서는 억지로 게이트를 열어내는 짓을 하고. 거기에 사람을 억지로 떠밀거나 때로는 함정을 파고, 사람을 학살

해 갔다.

앞에서는 헌터 관리원을 이끌어 가고 있는 반기전의 수족 노릇을 했다.

다른 이들은 배알도 없느냐고 했지만, 실실 웃어 가면서 버텨 왔다.

그렇게 판을 그려왔다. 지금의 성공. 아니 곧 도달할 수 있을 것 같은 성공을 위해서 꽤 오랜 기간을 참아 왔다.

그러니 그의 얼굴이 환희로 가득 차지 않으면 그게 더 이상한 일이었다.

그 누구라도 지금의 그와 같은 상황이라면 환희에 가득 찰 수밖에 없으리라.

하지만 지금의 상황은 완전한 성공이 아니었다. 성공에 가까울 뿐이었다.

그렇기에 그는 가슴속의 환희를 접어놓고서는, 바로 다음을 대비했다. 완전한 성공을 위해서였다.

"역시 그릇이 크면 클수록, 더 확률이 높은 거로군?"

"……통계상 그런 것으로 확인됩니다. 제물이 많으면 많을수록 더욱 확률이 높은 것도 확실합니다."

"제물과 그릇이라…… 결국은 그런 건가."

"조절 부분은 문제이지만…… 그 부분은 해결 가능하시지 않습니까?"

"거의 된다."

여러 가지 실험을 해 왔다. 실패를 한 건 셀 수도 없을 정도. 작은 성공에 기뻐하던 적도 있을 정도.

"그럼 슬슬 마무리를 준비해야겠군요?"

"그래. 최종 그릇은 역시 그놈이 좋겠지."

"현재로선 가장 큰 그릇이니…… 좋기는 하겠군요. 바로 준비하겠습니다."

"그래."

드디어 때가 다가오고 있었다. 안일석의 미소가 더욱 짙어진다.

* * *

카흐잔.

거대 박쥐처럼 생긴 주제에 아래에 달린 꼬리가 하나. 음파 공격은 기본이고, 음파 공격 뒤에 꼬리에 달린 날카로운 침으로 상대의 목을 꿰뚫는 게 놈들의 특기다.

집단 공격을 기본으로 하는 놈들은, 낮이고 밤이고 공중에서 날아들면서 헌터들의 목숨을 위협하는 강력한 몬스터였다.

—끼야아아악!

"시끄러워!"

하지만 운이 없었다.

화아아아악—!

김기환의 말이 끝나자마자 쏟아져 나온 화염의 무리가 튀어나간다.

마치 화염방사기처럼!

쓰아아악!

—끼야아악!

—끼야!

공중에 있는 수십 마리의 카흐잔 무리를 그대로 덮쳐버린다.

투욱. 툭.

잘 익은 전기 통닭처럼 떨어져 버리는 카흐잔들. 그야말로 순식간에 일어난 학살이었다.

그런 학살을 벌인 주제에 땀 하나 흘리지 않는 김기환이었다.

되레 주변에 있던 사람들이 난리였다.

"으어. 미친."

"떠, 떨어진다!"

머리에서 갑작스레 떨어진 카흐잔의 시체에 당황을 하기도 하고.

"야야. 사체 값 떨어진다고!"

"어차피 꼬리에 달린 침이 제일 비싸잖아. 그건 안 타!"

"그래도!"

조금 더 여유가 있는 간부들은, 떨어진 사체보다 완전히 불타게 돼서 값어치가 떨어진 사체 값 걱정을 한다.

그래도 이러든 저러든 간에 다들 위기의식 같은 것 따위는 없었다.

가는 길마다 김기환이 태워서 쓸어버리니 위기의식이 생길 틈이 없었다.

그대로 바로 전진한다.

"줍기나 해! 바로 전진하니까!"

"미친……."

쯔와아아압— 쯔왑—

물론 사체를 줍는 걸 잊지는 않는다. 쉽게 사냥을 했을지언정 다 돈이니까!

값이 떨어져도 몬스터의 사체는 귀하다.

사체를 주우면서도 전진하기를 멈추지 않았다.

그것으로도 마음에 들지 않는지, 김기환이 속도를 더욱 끌어 올린다.

"직선으로 바로 간다. 제일 늦은 사람은 돌아가서 특제 훈련이 있을 거라고!"

"……시발."

꽤나 무서운 방법으로.

*　　　*　　　*

그렇게 자라난이 무서운 속도로 전진을 하고 있을 때.

천정이라고 해서 속도가 느려지지는 않았다.

지금까지는 정상수를 위시한 간부들이 뒤에 있었더라면, 지금은 아니었다. 정상수가 가장 앞을 지켰다.

그리곤.

"……싱겁다."

콰즈즈즉—

달려드는 몬스터들을 격살하기 시작했다.

그가 가장 앞에서 몬스터들을 상대하는 건 김기환과 비슷했다. 다만 다른 점이 있었다면, 그는 딱히 기술을 쓰지 않는다는 것 정도.

오로지 육체적인 힘만을 주로 사용했다. 무기도 사용하지 않았다.

손만을 사용했다. 마치 몬스터를 죽이는 손맛을 즐기듯이 직접 으깨고 부쉈다.

그런 주제에 느리지도 않았다.

단 한 번의 손짓에 한 마리씩. 그것도 매우 빠른 속도로 움직이니 느리려야 느릴 수가 없었다.

—크륵.

—키에에엑!

갖은 몬스터가 달려들지만, 그대로 죽어 사라져 버릴 뿐이었다.

혼자서 움직이지만, 모두 쉽게 처치를 했다.

"……주워라."

"옙!"

천정의 길드원들은 그런 길드장을 따라가며, 사체를 주울 뿐이었다.

재밌는 건, 그들의 표정이 그리 좋지 못하단 거였다. 정상수의 힘이 강하면 강할수록 뿌듯해해야 할 텐데도, 그런 표정이 전혀 없었다.

처음 정상수가 강해져서 키르카시를 격살할 때까지만 하더라도, 이러지는 않았었다.

그가 키르카시를 격살했을 때. 열광을 하는 자도 있었다. 떠나려던 길드에 다시 발을 붙일까 하고 생각을 고쳐먹는 자들도 다수였다.

그런데 지금은 아니었다.

'……빌어먹을.'

'이게 뭔 꼴인지.'

울상을 하는 자도 있었고, 억지로 따라가는 듯 인상을 찡그리는 자들도 꽤 다수였다.

그 사이에 무슨 '일'이 일어난 것이 분명했다.

*　　*　　*

'일'은 그날 밤에도 일어났다.

낮에는 몬스터를 잡아가면서, 광기를 삭이는 듯 보이는 정상수였다.

하지만 밤이 되면 마치 몬스터라도 된 듯 광기가 더욱 증폭됐다.

그 자신의 힘으로는 광기를 더는 주체하기 힘든 것처럼, 더욱 큰 광기를 흩뿌리기 시작했다.

그저 광기만 흩뿌린다면, 조금은 성질머리가 더러운 길드장이겠거니 할 수도 있었다.

강한 대신에, 성격이 더러운 길드의 길드장 따위야 꽤 많았으니까.

강자가 최고의 대우를 받는 헌터계이니만큼, 조금 성격이 더러운 것 정도는 애교로도 넘어갈 수 있는 일이었다.

문제는 정상수는 그 정도가 아니라는 거였다.

"거기."

"저, 저 말입니까?"

"흐음…… 그래. 너. 이리 와 봐라."

"……무슨 일이십니까."

"잠시면 된다고."

쓸데없는 트집을 잡았다. 그도 아니면 대련이라는 명목을 만들기도 했다. 사실 명목이야 중요하지 않았다.

차라리 쓸데없는 트집을 잡고 갈구는 정도로 끝났더라면 문제가 없었을지도 몰랐다.

문제는.

"큭……."

~~후우우웅~~— 푸욱!

"……왜, 왜 이러시는……."

"……."

밑도 끝도 없이 폭력을 이어간다는 게 문제였다.

길드도 조직이라지만, 소위 말하는 밤거리의 조직과 같은 곳은 아니지 않은가.

다들 계약으로 묶여 있을뿐더러, 길드장이라고 해서 길드원들을 자기 마음대로만 할 수 있는 게 아니었다.

그런데 정상수는.

"킥……."

길드원들이 무슨 장난감이라도 되는 듯 대하고 있었다. 말도 안 되는 짓을 벌이고 있는 셈이었다.

이건 억압이며, 폭군이나 벌일 그런 짓이었다.

경기 서부 안에서였더라면, 당장 길드를 박차고 나설 자들이 꽤 됐을 거였다.

'나가고 보자고…….'

'……젠장.'

문제는 이곳은 사냥터라는 것. 그것도 꽤나 깊숙이 들어왔다는 게 문제였다.

어지간한 상황이었더라면, 박차고 나가겠지만 지금은 그게 불가능했다.

정상수가 억압하고 있는 이 상황에서, 몰래 길드를 빠져나간다? 그게 쉬울 리가 없었다.

설사 빠져나갈 사람들을 모은다고 해도 문제였다.

'무슨 짓을 벌일지 알 수가 없어.'

정상수와 제니스에서 파견 나온 자들이 벗어나는 길드원들을 어찌 둘지를 알 수가 없었다.

정상수의 눈이야 어찌 피한다고 하더라도, 제니스에서 파견 나온 자들이 정상수의 광기에 협조적이라는 게 문제였다.

대체 무슨 이유에서인지, 그들은 정상수의 옆에 있으면

서 정상수를 되레 부추기고 있었다.

정상수가 더 광기를 흩뿌릴 수 있는 분위기를 만들어 주고 있었다.

또 때로는 그런 정상수의 모습을 기록하는 기록관이라도 되는 것처럼 관찰하는 듯한 시선을 보내는 자도 있을 정도였다.

그런 그의 광기에 처음 정상수에게 자부심을 가졌던 자들은 전부 사라진 지 오래였다.

광기를 푸는 정상수와 제니스에서 파견 나온 자들을 제외하고는 하루하루가 고통스러운 여정이 된 지 오래다.

"형님! 그만하십시다!"

그나마 간부들이 막고 있지만 그뿐. 아주 잠시뿐이었다.

밤은 길었고, 그 잠시를 간부들이 막는다고 해도 긴 밤이 지나가는 것은 아니었다.

바깥에서는 말도 안 되는 일이 이곳 사냥터에서 계속해서 이뤄지고 있었다.

'……대체 어떻게 돌아가려는 건지.'

광기, 폭력, 살인.

온갖 미친 것들로 돌아가는 것이 사냥터라지만, 최소의 룰이란 것이 있지 않은가.

근데 여기서는 그 룰이 제대로 돌아가지 않고 있었다.

미쳐 돌아가고 있는 상황이었다. 그리고 이 미친 상황을 정상으로 돌릴 힘이 있는 자가 당장 없었다.

다들 기도할 뿐이었다.

'……어서 끝나길.'

뭔가 이상하게 돌아가고 있는 이 상황이 어서 정상으로 돌아오기를.

마찬가지로 이상하게 변해가고 있는 정상수가 다시 돌아오기를. 그조차도 안 된다면 그를 단죄하는 누군가가 나타나기를 기도할 뿐이었다.

그렇게 시간은 점차 지나가고 있었다.

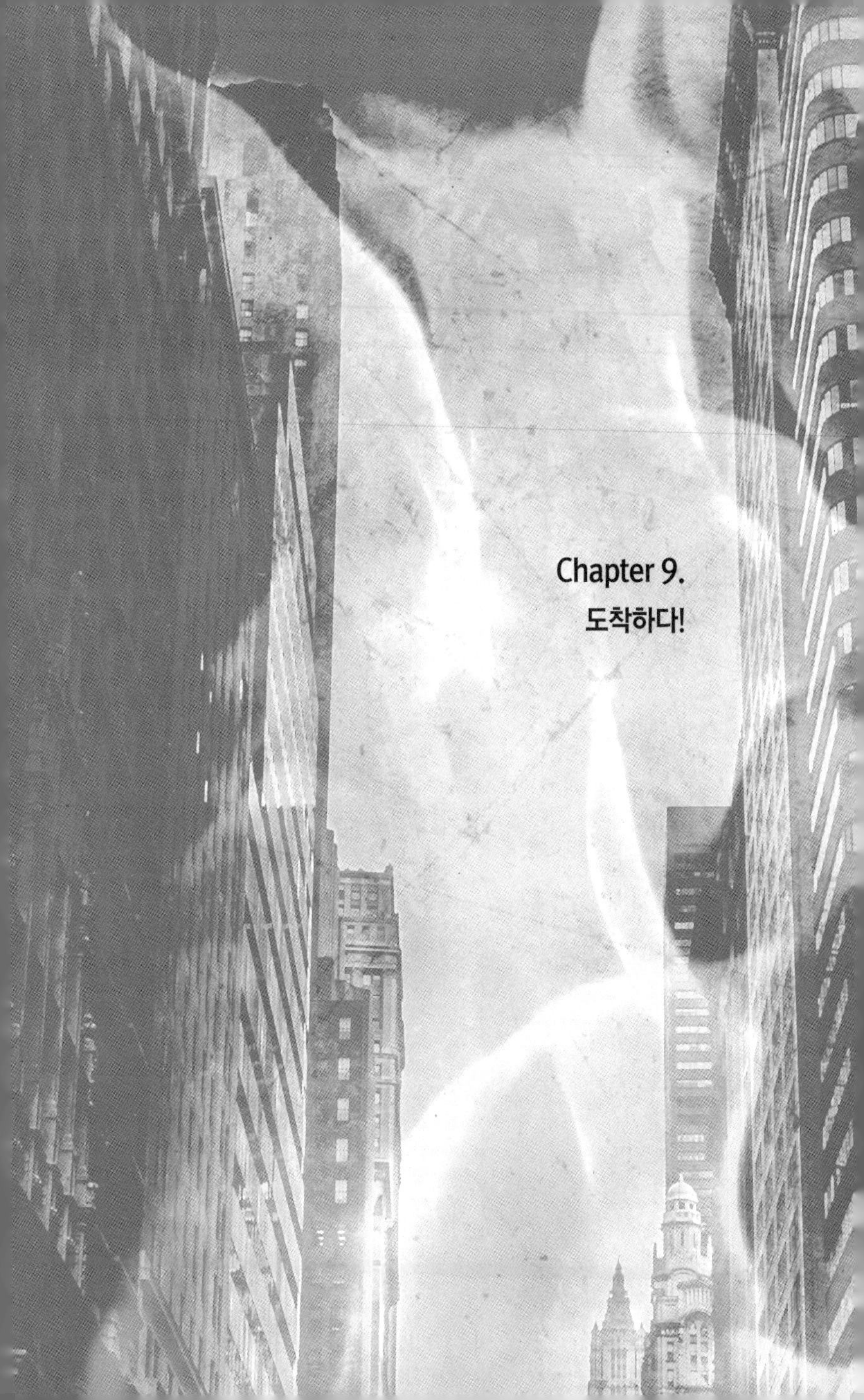

# Chapter 9.

## 도착하다!

"도착했다!"

먼저 도착한 건 기환 쪽이었다. 합심해서 모두가 달린 덕분.

"우오……."

"최단 기간 아닐까?"

정말 빨랐다. 힘을 아끼지 않고 뿜어대는 김기환이 없었더라면, 이 정도의 속도는 불가능했을 거다.

무언가에 쫓기듯이 힘을 썼고, 그 덕분으로 금세 목적지에 도착을 했다.

'좋아. 일단은 없다.'

천정보다 먼저 도착한 셈이다.

"준비해. 모두. 바로 들어갈 거니까."

"알겠습니다!"

속도전에서 승리한 것을 이용해서 우위를 점하려고 한 자라난이다.

하지만 간발의 차이일 뿐이었다.

자라난이 주섬주섬 준비를 하고 있었을 때. 발길을 내딛는 이들이 있었다.

"여기군!"

천정이었다.

미친 듯이 몬스터를 으깨고 들어 온 천정도 금세 도착을 한 거다.

실상 천장의 노력이라기보단 정상수의 광기 표출 덕분이었지만 그 덕분에 이른 도착을 했다는 걸 부정하는 이는 없을 게 분명했다.

그야말로 간발의 차이였다.

*　*　*

한참 준비를 하다가 그들을 바라봤다.

가장 앞서 달려오는 정상수를 제외하고는 모두 초췌해

보였다.

정상수야 이 행렬을 즐길지언정, 다른 이들은 이곳까지 오는 것 자체가 고역이었으리라.

하고 있는 꼴만 봐도 대충 예상은 됐다.

"왔군요."

"저쪽도 바보는 아닐 테니까요."

끄덕.

운이철의 말에 고개를 끄덕이며, 장비를 챙겨든다.

'오늘은 많이도 챙기는군…….'

비밀 장비라고 할 것들은 없다.

검을 챙기고, 자라난 길드원들이라면 차고 있는 방어구를 집어들어 찼을 뿐이다.

혹시 모를 위기를 막아 줄 방어구였다.

'묵직하네.'

상황이 이래서일까. 평상시보다 무거웠다.

그래도 좋았다. 이 장비 또한 나를 바라보고 있는 길드원들이 챙겨 준 것. 그것의 묵직함이 싫을 리가 없었다.

"이번은 아시겠죠?"

"……또 미친 짓 아니겠습니까. 흐흐."

미친 짓. 홀로 레이드 급에 뛰어드는 그 짓을 또 해야 했다.

무섭거나 하지는 않다. 그렇기에 되레 웃어 보였다. 나를 바라보는 길드원들이 안심할 수 있도록.

'차라리 속 편해.'

진심이었다.

내가 이끄는 자들이 위험에 빠지는 것보다는, 내가 위험에 빠지는 게 나았다.

가슴 조마조마하게 기다리는 것보다는, 내가 해결을 하는 게 나았다.

그게 멍청해 보일지라도 내가 사람들을 이끌어가는 방식이니까. 그렇기에 웃어 보였다.

다만 사람들은 그게 아닌 듯했지만.

"놈의 특성이 그러니 어쩔 수 없겠지요. 대신 다른 일은 일어나지 않도록 경계는 철저히 하겠습니다."

"조심해요!"

"……무슨 일 생기면 바로 호출해라. 대기 타고 있을 거니까."

그조차도 나를 위한 걱정이었으니, 나쁠 것은 하나도 없었다.

스윽. 그들을 바라봤다. 그런 나를 모두가 걱정하며 바라본다. 그 시선조차도 싫지 않았다.

마지막으로 그들을 한 번 응시하고는,

"다녀올게! 이길 준비나 하고 있으라고!"

바로 뛰어 들었다.

*　　*　　*

그오오오오.

성대에서 나는 울림이 아니었다.

억지로 붙들어진 채로 엮인 자들. 그로 인한 역겨움을 주는 존재. 그들로부터 나는 소리였다.

그것은 성대도 없이, 일반 몬스터처럼 머리에 그대로 울리는 소리도 아닌 어떠한 울림이었다.

조금씩 조금씩 죽은 사자(死者)들을 잡아먹어 그 존재를 키운 존재.

"기워진 시체……."

어보미네이션(Abomination). 이름 그 자체가 혐오인 존재가 눈앞을 가득 채우고 있었다.

"대체 얼마나 잡아먹은 거냐."

산과 같았다. 과장을 빼면 어지간한 언덕만 한 크기였다.

팔이 어딘지도 다리가 어딘지도 모르겠다.

거대한 덩어리였다.

차라리 슬라임은 귀엽기라도 하지, 이건 귀여워하려야

할 수가 없었다.

시체를 만들어내고, 그 시체를 잡아먹어서 몸을 키운 주제에, 어떤 규칙도 없이 만들어져 있었다.

어디가 눈인지도 모르겠다. 뭘 근거로 주변을 판단하고, 움직이는지도 알 수가 없었다. 그런 주제에 잘도.

—그워어어어!

내가 왔음을 눈치챘다.

그 큰 덩치를 가진 주제에 눈치를 챈 건 참 빨랐다.

그으으으응.

거대한 산이 움직여 나를 덮치기 시작한다. 단순히 구르는 몸짓만으로도 거대한 해일이 됐다. 강한 공격이 됐다.

파악.

땅을 짓쳤다. 그대로 화염을 불러들였다. 검에는 화염을 두르고, 나의 등 뒤로 거대한 화염을 뿜어냈다.

일순간에 일어난 일이었다.

—그워어!

나를 놓쳤다는 것에 열이 받은 듯 거대한 울림을 만들어 낸 그 순간.

"막아 봐라!"

화아아아악—

나의 등 뒤로 넘실거리던 거대한 화염의 덩어리를 쏴주

었다. 헬 파이어(hell fire)라는 이름이 딱 들어맞는 불길이었다.

주변의 모든 산소를 빨아들이며 날아드는 불길은 시뻘겋다 못해서 검은 그을음을 같이 선사하며 어보미네이션을 향해서 쏘아져 나갔다.

지옥의 괴물. 혐오 그 자체를 징죄하는 불길이 되었다.

슈우우우욱—

공성병기에서 쏘아진 거대한 돌덩이처럼 어보미네이션을 향해 쏘아진다.

—그오오!

어보미네이션이 당황해서 몸을 움츠러트린다. 한 방에 담긴 위력을 본능적으로 깨달은 거다.

하지만 놈은 그럴 필요가 없었다.

내가 날린 화염이 놈과 거의 부딪치려는 그 순간!

콰아아아앙!

폭음이 일었다. 어보미네이션에 작렬해서 나는 폭음이 아니었다.

화염과 바로 연결된 나이기에 느낄 수 있었다.

연기가 사라지고 놈이 모습을 드러내자마자.

"미친 새끼!"

외쳤다.

그리곤 동시에 뭔가가 날아들었다. 놈이었다.

'제대로 미쳤군.'

화아아악—

화염을 다시금 일으켰다.

나의 분노를 대변하듯 새로이 나타난 화염이 강하게 넘실거리기 시작한다. 그대로 쏘아 날렸다.

나에게 다가오는 놈을 향해서!

*　　　*　　　*

콰아아앙—!

놈과 화염이 부딪쳤다. 이미 어보미네이션에게 날린 화염을 쉽게 막아냈던 놈이지 않나.

갑작스레 날린 화염이라고 해서 그걸 막아내지 못할 리가 없었다.

김기환이 날린 화염을 놈은 주먹으로 그대로 깨부숴 버린다.

파사아악—

화염이 유리처럼 깨져버린다. 그림 같은 광경이었다. 물리적이되 물리적이지 않은 화염을 깨부수다니. 말도 안 되는 일.

하지만 이능력으로 이뤄지는 일이기에 가능한 일이었다.

"미친 새끼야. 아예 싸우자는 거냐?"

김기환의 외침이었다. 그는 그 옛날. 파티 단위로 사냥을 할 때의 그때 그 모습처럼, 잔뜩 분노에 가득 차서 상대를 몰아붙이고 있었다.

어차피 걸려 온 싸움.

갑작스러운 싸움이지만.

'예상했다.'

미쳐버린 정상수이지 않은가.

회의를 할 때부터 여러 가지 경우의 수를 대비했던 자라난이다. 정상수가 미쳐서, 몬스터보다 김기환에게 먼저 덤벼드는 것 정도는 이미 예상을 했었다.

상황도 딱 좋지 않은가?

안 그래도 어보미네이션은 시체들을 기워서 만들어진 존재다.

가장 잡기 좋은 어보미네이션은 작은 어보미네이션이라는 말이 있는 것처럼, 이미 커버린 어보미네이션은 까다로울 수밖에 없었다.

어보미네이션은 크면 클수록 강하다.

어중간한 자들을 데려와 봐야 어보미네이션에 먹힌다. 먹힌 존재들은? 그대로 어보미네이션의 일부가 된다. 놈이 가진 힘의 일부가 돼버린다.

그러니 어보미네이션 사냥에는 많은 자들을 데려올 수가 없다. 그런데 지금 눈앞에 있는 어보미네이션은 어마어마하게 큰 놈이다.

강할 수밖에 없다.

그렇기에 김기환이 미친 척 홀로 달려온 거다. 희생 없이, 자신이 잡기 위해서.

상성도 좋은 편이었다. 화염은 다른 의미로 정화를 의미하기도 하는 터. 불 앞에서 어지간한 존재는 그대로 태워 없어져 사라진다.

그렇기에 어보미네이션을 잡을 때에 화염같이 좋은 힘은 또 없었다. 말 그대로 상성이 좋다 이거다.

그래서 재빨리 김기환만 달려온 거다. 어서 처리하려고.

근데 이걸 역으로 이야기하면?

증인이 없다는 소리가 된다. 여기서 무슨 일이 벌어지든 간에 목격을 할 자들이 없다는 소리가 된다.

다들 멀리 있으니까.

설사 눈치를 채도 상관없다. 멀리 있다는 것은 당장 일이 벌어진다고 하더라도, 누가 도와주러 오기까지 시간이 걸린단 소리니까.

정상수는 그걸 아주 제대로 노리고 들어왔다.

김기환의 화염을 깨부수는 것으로도 힘이 남아도는지, 다시금 한 방을 더 날려 온다.

휘이익—

허공에 날려진 주먹질. 하지만 위력은 약하지 않았다.

쐐에엑!

'날아온다.'

주먹은 풍압으로, 풍압은 이능력이 덧씌워진 공격이 되어서 김기환을 향해서 날아들었다.

후우우웅—

화염의 막을 일으켜서 막는다. 동시에 미친 듯이 검을 휘두르기 시작한다.

화아아악—

다시 생성된 화염들이 수십 개의 갈래로 나눠진다. 정상수를 향해서 쏘아진다.

그걸 다시 또 막는다.

이 정도로는 무섭지도 않다는 듯, 말을 지껄이는 여유까지 부린다.

"킥. 싸우지 않으면? 어차피 이러려고 온 거 아닌가?"

"……완전히 돌아버렸군."

"어차피 뒈지기 싫으면 돌았어야 했다고. 새끼야."

쐐에에엑!

회심의 한 방이었다.

정상수가 순간 가속을 하듯 갑작스럽게 거리를 짓쳐들었다. 순식간에 김기환과 정상수의 거리가 좁혀졌다.

그 짧은 사이에 주먹을 날렸다.

~~푸우욱~~

그대로 작렬한 주먹.

"크흣……."

이 부분에서는 김기환도 타격을 입을 수밖에 없었다.

'……새끼.'

이건 각성을 하고 나서는, 처음 허용하는 공격이나 다름없었다. 제대로 들어 온 한 방에 숨이 턱하고 막혀오는 김기환이었다.

하지만 그도 놀고만 있었던 건 아니다.

짧은 거리기에 검을 휘두를 수 없어도 상관없었다.

쥐고 있던 검을 그대로 놓아 버렸다. 그리곤 검이 있던 자리에 화염의 단검을 순식간에 생성한다. 그걸 그대로 날렸다.

~~푸우우우욱~~

"……큭."

똑같이 한 방을 먹였다. 이번에는 정상수에게도 타격이 들어갔다.

서로가 서로에게 한 방씩.

그 여파로 순식간에 서로의 거리가 다시 멀어져 간다.

—그오오오오!

그 둘을 바라보는 분노에 찬 어보미네이션의 울림이 그 전투의 배경음이 되어 주고 있었다.

누군가를 위한 장송곡일지도 모를 거대한 굉음이 주변을 가득 채운 채로 다시금 둘이 부딪친다.

*　　*　　*

'확실히 미쳤군.'

아직 맞았던 부분이 욱신거린다. 순간적으로 이능력을 이용해서 타격을 상쇄하지 않았더라면 복부에 구멍이 뻥 뚫렸을 거다.

순간적인 판단으로 살아남았다.

그리고 이쪽도 당하고만 있진 않은 건 확실했다. 확실히 들어간 걸 느꼈다.

"킥, 꽤 하는데?"

저쪽은 화염의 단검이 찔린 곳이 아예 타 버리다 못해 관통됐다. 복부에 구멍도 났다. 하지만.

스으으으윽—

그 상처가 눈에 보일 정도로 수복이 된다는 게 문제였다.

재생에 능한 몬스터처럼, 뚫린 복부가 아물어 간다. 창자가 생겨나고, 그 위로 근육이 덮이고 피부가 생겨난다. 남은 건 주변에 있는 그을음뿐.

몬스터가 아닌 사람의 신체가 저런 식으로 재생되는 건 꽤 구역질이 나는 장면이었다.

자연스럽지가 못했다. 뭔가가 역행하는 느낌이다.

"너 사람이길 포기했냐?"

"더 강해졌을 뿐이다. 선택인 거지."

"역시 미쳤군."

"킥, 진짜 미친 게 뭔지 보여 줘?"

정상수는 대답도 듣지 않고 움직이기 시작했다. 언제 준비를 해 왔는지 어느샌가 손에 공간 장치가 들려 있었다.

그러곤 그 값비싼 공간 장치를 그대로.

즈즈즈즉—

찢어 버렸다. 무언가가 어그러지는 소리가 나며 그대로 찢겨 버린다. 공간 장치가 담고 있던 공간이 열려 버렸다.

푸화아아아악!

그 순간 쏟아져 내렸다.

안에 있는 모든 것들이 하나도 남김없이!

그건 몬스터의 비였다. 죽은 몬스터의 사체들. 그것들이 그대로 쏟아져 내린다. 위에서 아래로.

막을 틈도 없었다.

뒤늦게서야 화염을 날려서 태워 보려 했지만 그것으로는 역부족.

아무리 김기환의 화염이 강하다고 하더라도 몬스터의 사체 수십, 수백을 순식간에 가루로 만들 수는 없었다.

반쯤 타다 만 채로 떨어질 뿐이었다.

'비인가. 진짜 미쳤군.'

그 뒤는 김기환이 상상한 일이 일어나 버렸다. 순리처럼.

그오오오오오―!

본능에 충실한 어보미네이션은 남이 주는 것이라고 해서 가리지 않았다.

아래로 떨어지는 모든 사체를 받아 챙겼다. 몸을 부르르 떨면서 받아들여 갔다.

그르륵― 그륵―

그대로 흡수. 본능에 따라 하나도 남김없이 해치우고 삼켰다.

떨어진 모든 것들을!

재마저도 삼킨 몸이 불어난다. 사체에 남은 힘을 가진다. 시체는 시체인 채로 가진 힘을 빨아들여 동력으로 삼는다.

그르르륵―! 그륵―!

만족스럽다는 울림을 내뱉는 어보미네이션.

전에 비해서 더 강해진 힘이 느껴졌다. 하나 어보미네이션은 그것만으로 만족하지 않았다. 바로 움직였다.

슈우우욱!

"씁."

어보미네이션의 몸체 위에 안착한 김기환을 노리고 들어왔다. 어디서 솟아났는지 알 수 없는 촉수를 들이밀며 옭아매려 했다.

하지만 그뿐.

화아아악—!

끼이익—!

어보미네이션의 일부는 김기환의 화염에 그대로 타서 재가 된다.

일부지만 자신의 몸이 사라진 것에.

그오오오—!

분노를 하며 연속적으로 공격을 날리는 어보미네이션!

여기까지는 할 만했다. 미친 듯이 촉수 공격을 날리는 것도, 온 힘을 다해서 몸을 움직이는 것도 버텨 낼 수가 있었다.

하지만.

"이쪽도 빼면 섭섭하다고?"

어보미네이션의 공세를 막는 가운데 정상수의 공격까지 들어오는 건 꽤 뼈아픈 일이 될 수밖에 없었다.

*　　　*　　　*

파악—

막기는 하지만.

"……새끼!"

"킥킥. 더 해 보라고!"

계속해서 수세에 몰리는 상황이 벌어지고 있었다. 게다가 어찌 된 일인 건지.

'무슨 동맹이라도 되는 거냐.'

어보미네이션의 공격은 하나부터 열까지 김기환을 노리고 들어오고 있었다.

마치 정상수는 투명 인간이라도 되는 듯 전혀 공격을 하지 않고 있었다. 처음에는 착각인가 싶었으나 아니었다.

퉤에엣—

특히 백미는, 자신의 몸이 타들어 가는 것도 신경 쓰지 않고 날린 산성 공격에서였다.

갑자기 몸이 벌어지면서 소화액인지 뭔지 모를 산성액을 날리는 주제에, 산성액은 잘도 정상수를 피해 갔다.

그에게는 전혀 피해를 주지 않는 주제에 노골적으로 김기환을 노렸다.

'뭔가 수작을 부렸다.'

몬스터의 사체를 가지고 힘을 얻더니 이제는 몬스터와의 협력이란 걸까?

정말 말도 안 되는 짓거리를 하고 있었다.

"더! 더! 더!"

그러면서 광자(狂者)가 돼서는 계속해서 달려들고 있는 상황.

아래에는 어보미네이션이, 앞으로는 정상수가 달려드는 상황을 맞이하자, 전에 없던 위기감이 들 정도였다.

김기환으로서는 그를 둘러싸고 있는 모든 것들이 '적'인 상황이었다.

*　　　*　　　*

공방이 이어져 갔다.

'……후. 차분히만 하면 돼. 별다를 건 없다.'

사방이 적인 상황에서도 김기환은 절망하지 않았다. 주저하지도 않았다. 끊임없이 돌파구를 찾아갔다.

온갖 미친 짓을 벌였던 그였다. 부족 단위를 멸족시켜 버린 경험도 있는 그였다.

사방이 적인 상황쯤이야 이미 여럿 겪었다. 그 경험이 지금 빛을 발하고 있었다.

발밑에서 올라오는 촉수. 갑작스럽게 뒤를 노리고 들어오는 산성 공격. 그를 압살할 듯 들어오는 거대한 살덩어리의 공격에.

"죽어라!"

육체를 가지고 달려드는 정상수의 공격까지.

차츰 적응을 해 나갔다. 버티고 또 버텨 가며 적응을 시켰다.

'가장 먼저 눈.'

전장을 파악할 수 있는 시야를 키웠다. 시야를 통해 바로 앞을 바라보는 것을 넘어서, 이능력을 이용해 주변 전체를 읽어 들였다.

보통 사람이라면 정신이 혼몽해질 만큼 많은 정보들이 들어왔지만, 깨달음을 이용해 거뜬히 버텨 냈다.

'그다음은 몸.'

계속되는 수세. 계속해서 밀리면서도 패턴을 눈으로 파악하고 몸으로 움직였다.

공격을 피하는 것이 그 시작.

수없이 많은 공격을 막아 가면서, 단순히 막음이 아닌 그 이상의 방법을 찾아낸다.

그리고 마지막으로.

'이능력.'

화아아아악—

그의 모든 것이나 다름없는 화염을 사방에 일으켜서 적을 막아 냄과 동시에 공세를 취한다.

정상수가 어보미네이션과 협공을 취해 온다면 그에게는 살아 움직이는 듯한 화염이 있었다.

어보미네이션이 언덕과 같은 거대한 크기를 자랑한다면, 그에게는 세상을 다 태울 듯한 화염이 있었다.

쉬이이이익—!

김기환으로부터 뻗어져 나온 화염이 거대한 뱀의 형상을 취한다. 그리고 이내 그 뱀의 머리가 갈라진다.

하나에서 둘로. 둘이 넷으로. 넷이 여덟로!

어느덧 다리까지 뻗어 나간 몸은 전설 속에서나 등장하는 히드라의 형상과 그리 다르지 않았다.

쉬야아아아악—!

김기환의 의지를 따르는 뱀은 바로 움직였다.

쿠웅!

물리적이지 않은 화염 주제에 어마어마한 굉음을 내며 움직였다.

화아아아악—

그 속성을 바로 보여 주듯 화염을 내뿜었다.

그어어어—!

어보미네이션의 몸이 타들어 간다. 상성이 안 좋다고 하지 않았나. 시체 덩어리와 화염의 싸움에서 불이 밀릴 리가 없었다.

순식간에 어보미네이션이 수세로 몰린다.

덕분에 김기환으로서는 수세를 면할 수 있게 됐다. 힘의 소모는 컸지만, 수세를 공세로 바꿨으니 투자라면 성공한 투자나 다름없었다.

"……."

말도 없이 바로 짓쳐 들어갔다.

그대로 부딪친다. 우드득. 정상수의 몸에서 뼈가 아작 나는 소리가 들려오지만 금세 몸은 정상으로 돌아왔다.

"좋은데?"

"닥쳐."

검을 휘두르고, 화염으로 화염의 구슬을 만들어서 쏘아낸다. 한 점의 쉼도 없이 계속해서 공격을 날린다. 끊임없는 연환계를 날린다.

하지만 정상수는 맞아 가면서도 잘도 버텼다.

아무리 탱커였다지만, 보통 사람이라면 몇 번은 죽어도

이상하지 않을 만큼의 부상을 당해 놓고도 여전했다.

부숴도 부숴도 다시 재생되는 괴물을 상대하는 느낌이었다.

누가 어보미네이션인지, 알 수가 없을 노릇.

"큿."

그래도 계속되는 대미지 누적에는 놈도 어쩔 수 없는 듯 몸을 훌쩍 뛰어 물러났다.

촌각. 몇 초도 안 되는 아주 잠시의 소강상태.

김기환이 다시 다가가려는 그 찰나에. 놈은 되레 김기환을 피했다. 어보미네이션을 향해서 뛰었다. 그러곤.

"할 만하다면, 그 이상으로 보여 주지."

광기를 쏟았다.

또 어디서 났는지 모를 공간 장치를 꺼내 들었다. 이번에는 세 개.

~~즈즈즈즉— 즈즈즉—~~

몇 번 연습이라도 한 듯 빠른 손놀림이었다.

다시 시체의 비가 쏟아진다. 하지만 이번엔 달랐다.

화아아아악—

미리 만들어진 화염. 히드라가 있었다. 자신의 몸을 사리지 않고, 화염을 뿜어내는 히드라의 위력은 과연 어마어마했다.

미리 만들어져 있지 않았다면 또 모르겠지만, 바로 날아가는 화염은 바로 사체들을 태웠다.

사체를 완전히 소각은 하지 못하더라도, 꽤 다수를 불태우는 데 성공을 했으니 어보미네이션에 들어갈 힘을 조금이라도 줄이는 데는 성공한 셈이었다.

그오오오—!

자신의 먹을 것이 사라지는 것에 열이 받는 듯, 화염을 향해서 어보미네이션이 달려든다.

동시에 공중에서 떨어지는 사체의 덩어리들을 받아먹는다.

꿀꺽. 꿀꺽.

없는 입으로 잘도 받아먹으며 위세를 키워 가는 어보미네이션!

놈과 히드라의 거리가 점차 가까워져 간다. 덩치가 키워져 갈수록 어보미네이션의 몸놀림은 더욱 빨라졌다. 시체에서 힘을 받은 거다.

그오오오오오오오—!

한데 변화는 거기서 끝이 나지 않았다. 사체를 받아먹다가 갑자기 그 무엇인가로의 변화를 일으켰다.

짙은 암흑과 핏빛.

중세 시대에서나 말하던 마왕이라는 존재나 흩뿌릴 듯한

오로라와 같은 것이 어보미네이션으로부터 퍼져 나왔다. 전에 없던 힘이었다.

주변에 남은 사체의 조각을 전부 흡수한 놈은 전과는 달라지기 시작했다.

'……몬스터도 저게 가능했나.'

마치 각성을 한 것처럼.

파즈즈즈즉—

기워 만든 시체라 불리던 육체가 깨어져 갔다. 주변으로 핏빛 가루가 흩어져 사라져 간다.

새로 들어온 사체를 흡수하지 못해서 벌어진 일이 아니었다. 시체를 흡수할 용량을 초과하거나 하는 일은 벌어지지 않았다.

저건 새로운 개체로의 변화였다.

혐오 그 자체의 별명을 가졌던 어보미네이션은 다른 무언가로 나아갔다.

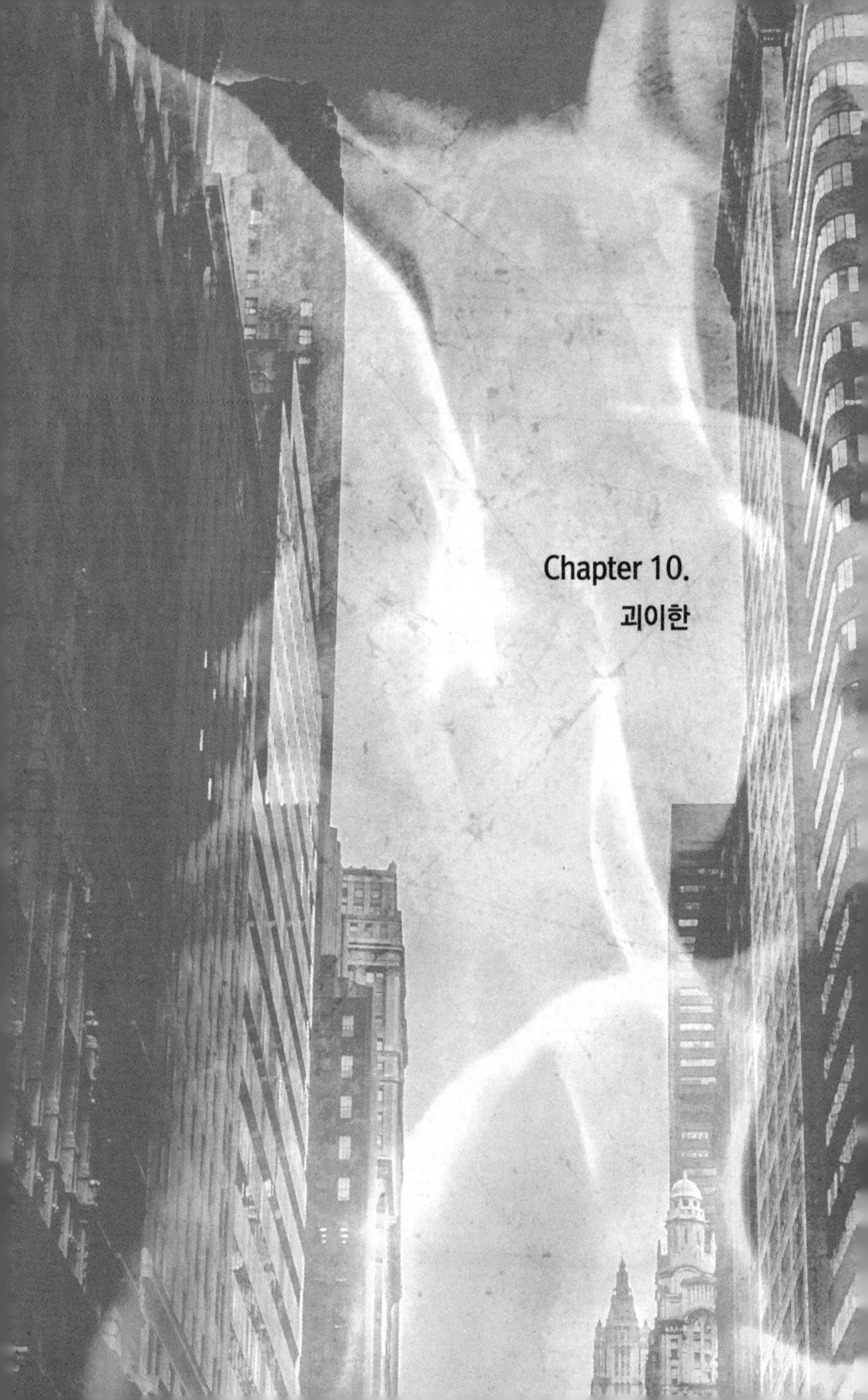

# Chapter 10.

## 괴이한

저건 분명 변화였다.

기워진 시체라고 불리던 어보미네이션. 자신의 형상도 제대로 만들어져 있지 않으며, 기이한 모습으로 다니던 시체 덩어리.

오직 혐오감밖에 주지 않던 몸이 새로이 만들어졌다.

틀이 깨졌다.

기워진 시체가 하나로 엮였다. 진흙 덩어리를 누군가 잘 빚은 느낌이었다.

마치 잘 만들어진 작품과 같았다.

거대했던 시체 덩어리가 거대한 인간형의 무언가로 변했

다. 그게 육체의 기본.

안팎에서 뻗어 나오던 어둠과 붉은 핏빛은 어보미네이션의 새로워진 몸에 형상이 되어 깃들었다.

핏빛은 그의 육체를 가려 주는 갑옷으로.

어둠의 일부는 그의 온몸에 깃들어 불타는 듯 휘몰아치고, 또 일부는 손에 깃들어 그의 무기가 되어 줬다.

전에 없던 하나의 개체.

'……진화냐.'

무어라 이름을 붙여야 할지 모를 것이 만들어졌다. 완전히 새로운 존재였다.

그어어어어?!

전과 같은 것이라고는 암울하기만 한 울음뿐이었다.

*　　*　　*

쿠우웅? 쿵?

덩치는 여전히 산과 같은 놈이 달려온다.

후우웅?

움직임 그 자체가 공격인 주제에 잘도 무기를 휘두른다.

검을 사용하는 김기환이기에 확실히 알 수 있었다. 저건 그저 그런 수준 낮은 휘두름이 아니었다.

마치 몇백, 몇천 번은 검을 휘둘러 본 것처럼 아주 자연스러웠다. 무언가의 경지가 녹아들어 있었다.

'사기라고!'

전에 상대한 검수들도 검을 수준급으로 사용을 하더니, 어보미네이션이었던 존재조차도 그러했다.

"으차."

히드라를 이용해서 화염을 뿜어내고, 그 틈으로 김기환이 도망을 치면.

후우웅? 훙?

그 큰 몸을 가지고도 잘도 이어서 연환 공격을 해 온다.

김기환을 절대 놓치지 않겠다는 듯이!

후오오오!

히드라의 화염 공격을 무시하고서 계속해서 오로지 그만을 노린다.

하나로 합쳐지면서 지능이라도 올라가게 된 건지, 김기환 하나만을 끝내면 이 모든 것들이 끝이 나는 걸 아는 듯했다.

본능적으로 느끼고 있는 걸지도 모른다.

그 옆에선 정상수가.

"같이 놀자고!"

다시금 다가와 주먹을 날려 댄다.

어보미네이션의 공격을 피하고 나온 작은 틈. 그 틈을 예리하게 찌르고 들어온다.

"크흣……."

온몸에 불막을 형성해 내서 막고는 있었지만 역시 타격이 없을 수는 없었다.

'방어구 안 가져왔다면 죽었겠군.'

평소 챙기지도 않던 장비들을 꼼꼼히 챙기지 않았더라면 죽지 않았을까 싶을 정도의 공격들이었다.

처음 손발을 맞추는 주제에 놈들은 잘도 손발이 맞았다.

그래도 김기환은 나름 잘해 나갔다.

'움직여!'

끼이이익?!

머리로는 쉼 없이 히드라에게 지시를 내린다. 몸으로는 정상수와 어보미네이션의 공격을 피한다.

그러며 조금씩 함정을 만들어 갔다.

'조금씩.'

아래에 불을 흩뿌리기 시작했다. 그가 어보미네이션의 공격을 피하는 족적 하나하나에 작은 불길들이 심어진다.

한참을 심는다.

끼이이익?!

그런 그를 대신해서 어보미네이션의 공격을 막는 히드라

의 불길이 흩어지기도 하고.

"어딜 가나!"

"읏."

때로는 정상수의 예리한 공격이 목을 조이며 날아들고는 있지만 이겨 냈다.

그러곤 모든 준비가 끝이 났을 때.

"움직여라!"

~~후우우우우웅~~?

거대한 형체를 이루고 있던 히드라가 수십, 수백의 화염으로 쪼개진다.

땅에 심어 놓았던 모든 불길들이 한 번에 몸을 일으켰다.

*　　*　　*

불의 군세가 됐다.

그륵. 그륵.

전에 상대한 라바처럼. 일어난 불길은 하나의 작은 군사가 되었다.

하나, 하나만 놓고 보면 나보다는 훨씬 약하지만. 몇만 모이면 어지간한 헌터들은 쉽게 잡아먹을 그런 군세가 태어났다.

'지금 쓰려고 만든 건 아닌데 말이지.'

이건 지금 꺼낼 카드는 아니지만 어쩔 수 없었다. 당장 무너트려야만 했으니까.

"달려가!"

그륵.

말이 없는 불의 군세는 조용히 움직이기 시작했다. 나를 공격하고 있는 어보미네이션을 향해서!

소리 없는 전진이었다.

그어어어?!

쿠우웅!

개미 같은 것들이 덤비자 성이 난다는 듯 어보미네이션이 발로 으깼다.

여럿의 불의 병사들이 으깨져 납작해진다. 하지만 딱 그뿐.

그르르르륵.

액체라도 되는 듯 넓게 바닥에 퍼졌던 병사들은 다시금 제 형상을 만들어 낸다.

그러곤 어보미네이션에게 붙는다.

치이이이이익?

어보미네이션의 육체를 달구고 또 달군다.

하나로는 부족했다. 핏빛의 갑옷을 가진 어보미네이션은

한두 마리의 병사에 의해 달궈지기엔 두꺼웠다.

허나 연료로는 충분했다. 지금의 불길은 일반적인 불길과는 다른 것. 게다가 한두 마리도 아니었다.

수십, 수백이었다. 공격에 따라 으깨지고 쪼개지며 나눠지는 병사지만. 나눠지면 나눠지는 대로 또 다른 새로운 병사가 됐다.

그륵. 그르륵.

어보미네이션을 태우겠다는 의지 그 하나만을 가지고 달려들 뿐이었다.

모든 것을 태우면서!

*　　　*　　　*

그오오오?!

기운 시체인 어보미네이션.

언데드 계열 몬스터 중에 최상위에 위치했다고 할 수 있는 놈이 조금씩 타들어 가기 시작한다.

죽여도 죽지 않는 불길에 조금씩 정화되어 간다.

죽지 않는 불의 군세.

그 군세를 막기 위해서 갑옷을 입고 검을 휘두르는 어보미네이션.

참혹한 광경이었다.

분열을 하고, 으깨도 살아나는 불의 군세와 그 기원은 기워진 시체인 어보미네이션.

누가 언데드일지 모를 그런 모습. 그만큼 처참하게 전투는 이어져 갔다.

'됐다.'

방법을 달리한 김기환으로서는 다시금 여유를 찾을 수 있었다.

"크흐."

불의 군세를 만들어 내는 것 자체가 어마어마한 힘이 소모되기는 했지만, 계속해서 수세로 몰리는 것보다는 나았다.

'빨리 끝내야 된다.'

후욱.

크게 숨을 고르고, 검을 다시 강하게 잡는다. 화염이 그의 의지를 따라 검을 타고 휘돈다. 그에게 호응하듯 아까와는 다른 기세였다.

그 상태 그대로 찾아낸다.

'찾았다.'

지금까지 계속해서 공격을 당해 왔다면 이번에는 자신이 할 차례였다.

"이번엔 네가 죽어 보라고!"

콰즉?

김기환의 검이 정상수의 옆구리를 가른다. 빠르게 치고 들어간 일수였기에 먹혀들었다.

"큿."

주륵.

내장의 일부가 삐쳐 나온다. 하지만 그마저도 바로 수복. 반쯤 몬스터화 되어 버린 그는 고통도 느끼지 않는 듯했다.

"해 보잔 거냐!"

몸이 수복되자마자 바로 달려들었다.

"해 보자고. 새꺄."

후우웅?

김기환은 검을 휘두르고, 정상수는 주먹을 휘두른다.

"와라!"

부상을 당하면서도 그대로 김기환을 몰아치기 시작하는 정상수.

그런 정상수를 상대로 검에 더해 불의 이능까지 사용하는 김기환.

그 둘의 싸움이 점차 본격화되어 간다.

*　　　*　　　*

수백의 불의 군세와 거대한 기사와 같은 언데드가 전투를 벌이는 신화적 상황.

그 아래로 있는 둘의 전투가 치열하게 벌어지고 있을 때.

그들의 신화적 전투를 저 멀리서 바라보며.

"……."

천정이나 자라난이나 침묵을 지키고 있었다. 둘 모두 대치를 이룬 채로 아무것도 하지 않고 있던 상황.

그 속내를 살펴보면,

"역시 저거 괴물이라니까?"

"하루 이틀이겠습니까. 적응해야지요. 그나저나 꽤 몰리긴 했습니다. 저 기술은 한참 숨겨 두던 건데요."

"병사 만드는 거?"

"그런 거죠. 사실 일대일로 사용할 그런 기술은 아니니까요. 상황이 잘 맞아떨어졌군요."

자라난의 경우에는 여유가 있었다.

그들은 김기환을 믿었으니까. 그리고 혹여나 생각지도 못한 일이 발생할 경우에도 그들이 나설 수 있다는 자신감이 있었기 때문.

하지만 그 반대인 천정의 경우는.

"대체 뭘 준비하는 건데."

"모르지. 설명이나 해 주겠냐."

작은 잡음들이 나오기 시작하고 있었다.

길드장의 무용은 좋았다. 그가 강한 것도 일단은 사냥터이니 좋았다.

당장 밤도 아니니 광기를 뿜어낼 리도 없었다.

특히 이번처럼 격렬한 전투를 하면, 정상수는 좀 잠잠해지곤 했다. 전투로 광기를 씻어 낸 듯 격렬한 전투 뒤의 밤은 조용하기만 했다.

그러니 길드원들은 되레 전투가 격렬해질수록 안심을 했다.

그나마 정은 남았던 건지.

"이기겠지?"

"이겨야지. 그래도 어쨌거나 길드장 아니냐."

소수지만 정상수를 응원하는 이도 있을 정도였다.

여기까지는 좋았다. 딱 여기까지는.

한참 화려한 전투를 바라보면서 대기를 하고 있는 천정의 길드원들.

그들에게 간부들이 죽을상을 하고 다가왔다. 척 봐도 원해서 여기까지 온 표정은 아니었다.

대뜸 오자마자 작게 외쳤다. 딱 저쪽에서 대치를 하고 있는 자라난 길드에는 들리지 않을 정도의 목소리였다.

"전투 준비."

짧았으나 내용은 당황스러웠다.

"예?"

"무슨 소립니까 그게?"

여기서 무슨 전투란 말인가?

김기환과 정상수. 저들이 벌이는 신화적인 전투에라도 끼라고?

그건 할 수 없는 일이었다. '자살행위다.'

나가서 죽으라는 말과 다름이 없었다. 그렇기에 그들은 전투 준비라는 말을 알아들을 수가 없었다.

하지만 간부는 명확히 다시 말했다.

"죽기 싫으면 준비해. 이쪽이라고 해서 움직이고 싶어서 움직이는 건 아니니까."

당장 움직이라 말한다. 의미는 명백했다.

"대체……."

일반 길드원들로서는 도무지 이해하기 힘든 명령. 하지만 그들은 곳곳에서 일어나는 간부들의 기세에 움직일 수밖에 없었다.

혹시 몰라 준비했던 장비를 점검한다.

자신들이 움직이는 이유도 모르는 채로. 마치 인형처럼.

하지만 정작 멀리 떨어져 있는 운이철은 그들이 어찌 움직이는지 의미를 바로 파악했다.

"역시 예상대로군요."

"막말로 끝까지 몰렸으니, 저러는 거겠지."

"그렇죠."

궁지에 몰린 쥐는 고양이를 문다.

저들에게 최후의 무기나 다름없는 정상수가 제대로 움직이지 못하고 있는 상황.

그 상황에서.

'최후의 한 수를 쓰겠지.'

저들이 승리를 하기 위한 수는 결국 한정돼 있었다. 조금만 머리를 굴릴 줄 알면 알 만한 이야기였다.

"이쪽도 준비합니다."

"준비!"

자라난도 움직이기 시작했다.

*　　*　　*

순식간에 전열이 정비된다.

어차피 대기 중인 상태였다. 마음가짐의 문제였을 뿐, 장비를 따로 착용하는 시간까지는 소요될 일도 없었다.

모두가 서로를 바라본다.

"……."

"……."

묘한 침묵. 그리 멀지 않은 거리지만 입을 여는 자들은 없었다.

자라난 모두 결심을 한 가운데 진지한 표정을 하고 있었다. 이런 식의 부딪침은 처음이지만, 물러날 생각도 없어 보였다.

빠질 이는 빠지라 말했으나, 여기까지 와서 그럴 자도 없었다.

자신의 자리를 지킬 뿐이었다. 몬스터가 아닌 사람을 겨누게 되지만, 흔들림은 없었다.

그와 반대로 천정의 길드원들은 죽을상이었다.

"……하."

"……이게 무슨 꼴인지."

그사이 항의를 했던 자가 있었다. 대체 왜 헌터가 같은 헌터를 공격해야 하느냐고. 그에 대한 대가는 저기 피 웅덩이다.

이능력을 사용하는 헌터 아닌가.

헌터끼리는 등급을 매기기도 한다지만, 보통 사람들에게는 하급 헌터도 선망의 대상이 되곤 한다.

돈이면 돈. 명예면 명예. 그로 이어지는 권력까지.

그들은 그들만의 룰을 만들어 왔고, 그 룰 아래에서 보통 사람보다는 훨씬 나은 삶을 영위할 수 있었다. 보통은.

헌데 지금은 이게 뭔가?

허무하게 사람 하나가 죽었다. 그것도 여기까지 같이 달려온 헌터가 당했다.

"흐……으, 흐."

피투성이의 한가운데에서 가슴이 오르락내리락하고는 있지만 치유계가 나서지 않는 한은 곧 숨이 멎을 게 분명해 보였다.

"저는 못하겠습니다!"

단지 불법을 저지르지 못하겠다는 이유로 반발을 했을 뿐인데 그 대가가 죽음이라니.

이건 말도 안 되는 일이었다.

단체로 반발을 하기도 힘들었다.

길드의 간부들은 이미 결심을 한 듯했다. 여기서 밀리면 길드의 해체 아닌가. 천정이 해체된 뒤에는 간부 자리고 뭐고 의미가 없었다.

그저 똑같은 헌터가 될 뿐이다. 누리던 권력이 다 사라진다.

어쩌면 그 이상으로 나락으로 떨어질지도 몰랐다. 일이

이렇게 된 상황에 책임을 져야 할 사람은 나와야 하니까.

권력을 누린 간부들이 현 상황을 책임져야 할지도 몰랐다.

덕분에 간부들로서는 벼랑 끝에 매달린 심정이었을 거다. 천정이 끝이면 자신들이 끝이라는 생각을 할지도 모르겠다. 거기에 더해서.

"뭐합니까. 어서 움직이지 않고!"

제니스에서 나온 자들이 하염없이 몰아붙이기까지 하고 있는 상황이었으니!

당장 힘이 없는 길드원들로서는 버틸 재간이 없었다. 좋든 싫든 나설 수밖에 없었다.

그나마.

'……빌기라도 해야 하나.'

'썩을. 어쩌다 여기까지 온 거야.'

그들의 반대편에 있는 자라난. 그들이 자비를 베풀어 주기를 바랄 수밖에 없었다.

자라난은 적이지만, 천정의 길드원들이 보기에는 적인 그들이 훨씬 정상으로 보였으니까!

"후욱, 후,"

모두가 긴장을 하는 그 가운데에.

"시작한다!"

간부들의 우렁찬 목소리가 울려 퍼졌다. 신호였다.

*　　*　　*

쿠우웅. 쿵.

기백이 넘는 인원이 한 번에 움직이는 건 그 자체로 거대한 울림이 됐다.

천정의 길드원들은 억지로 달려올지언정, 그 속도가 느리지만은 않았다. 그런 그들을 자라난의 간부들이 바라본다.

죽을상을 하고 달려오는 그들을 보자면 동정이 생기는 형편이었다.

자라난으로서는 저 길드원들의 심정을 어느 정도는 알고 있기에 가능한 동정이었다.

하지만 당장은 동정을 베풀고 싶어도 베풀 수가 없었다.

동정이라는 것은 승자의 권리였으니까.

베풀 때 베풀더라도 승자가 되고서 베풀어야 했다. 그 이전에 쓸데없는 동정은 커다란 패착으로 작용할 수도 있었다.

저들을 제대로 꺾고, 그 뒤에 권리를 행함이 맞았다.

여기 있는 자들 모두 그것을 알기에 굳은 눈빛으로 달려오는 저들을 맞이할 준비를 했다.

"준비합니다. 모든 것은 작전대로."

"예!"

쿠웅!

탱커진들이 모두 웅혼한 전진을 시작한다.

그들이 가진 덩치. 그 큰 덩치를 감싸고 있는 갑옷들이 덜그럭거리는 소리가 전장을 메우기 시작한다.

가장 전열. 탱커들의 한가운데에 위치한 자는 허웅.

그는 평상시의 가벼운 모습과는 다르게 진지한 표정으로 앞을 직시하고 있었다.

"온다."

100미터, 50미터, 30미터.

점차 가까워져 오는 거리를 가늠한다. 때가 됐다고 여길 때 외친다.

"방패 들어!"

"들엇!"

허웅의 말을 따라 복창하며 모두가 방패를 든다.

처어억!

그 순간을 기다렸다는 듯.

화아아아악—

달려오는 천정 측에서 여러 가지 이능력들이 발휘되기

시작한다.

후우우웅—

고오—

불과 물이 형상화된다. 땅이 뒤집히기 시작한다. 태풍이 온 듯 바람이 크게 휘몰아치기 시작한다.

기본적인 속성이라고 할 것들이 가장 먼저 움직였다.

뒤를 이어서 달려오는 것은 다른 속성이었다. 더 큰 집중과 힘이 필요한 번개와 환영과 같은 특수한 것들이었다.

어마어마한 공격들이 자라난의 탱커들을 향해서 쏟아져 나온다.

긴장은 하되 겁을 집어먹거나 하지는 않았다.

전투의 시작과 눈빛은 같았다.

"……집중해!"

모두가 직시하고 있었다. 그들에게 달려드는 수십, 수백의 공격들을 바라본다. 어떻게 막을지를 가늠한다.

'약하다.'

적인 천정이 전투 의지가 부족해서일까. 드문드문 있는 강력한 공격들을 제외하고는 모두 약했다. 막을 자신이 생겼다.

"위로!"

방패를 위로 들었다. 방패를 쥔 손에 질끈 힘을 준다.

우우우우웅—

각자의 이능력들을 발휘한다.

누군가는 방패에 빛을 씌운다. 강한 방어력을 깃들게 하는 빛이었다.

또 누군가는 자신의 몸에 힘을 준다. 몸 그 자체가 강한 자들이 사용하는 방식이다.

몸의 방어력이 아닌, 자신만의 수단으로 상대의 공격을 비트는 기술을 가진 자들은 계산을 한다. 작렬하는 공격을 비틀기 가장 좋은 각도를 잰다.

그 준비가 끝나자마자.

후오오오옹—

가장 먼저 달려드는 건 거대한 화염이었다. 바람 실린 화염은 과격하게 자신의 위용을 드러내고 있었다.

"진수! 나서!"

"비틉니다!"

가장 먼저 움직이는 자는 비트는 이들. 날아드는 화염을 비틀어 움직인다. 날아드는 불의 공격을 적이 날린 물에게로!

치이이익—

궤도가 비틀려 서로 부딪친다. 서로가 서로를 잡아먹는

다.

이어서 오는 공격들도 마찬가지.

콰아앙. 쾅.

가장 먼저 나선 이들이 다수의 공격을 비트는 데 성공한다.

하지만 날아드는 공격들은 아직 많았다.

"다음!"

"갑니다!"

콰아앙!

그건 방패를 강화시킨 자들이 나섰다. 비틀지 못하는 공격은 방패로 막으면 된다. 안 그래도 넓은 방패가 이능력의 빛으로 인해서 더욱 커진 상태였다.

"크흣."

"버텨!"

공격을 막을 때마다 방패를 쥔 손이 흔들리기는 하지만 분명 막아 냈다.

문제는 물리적인 것들. 날아드는 투사체도 아닌 것들. 방패로 막으면 막는 대로, 그 틈을 비집고 들어오는 공격들이 문제였다.

여기에는.

"간다."

허웅과 같은 자들이 나섰다. 이능력을 통해서 육체 그 자체가 강화돼서 버티는 자들.

때로는 몸으로 때우는 무식한 자들이라고 불리지만, 이 순간만큼은 그 누구보다 든든한 자들이었다.

"하앗!"

방패를 뚫고 들어온 번개를 향해서 몸을 날린다.

땅을 뒤집으면서 달려들고 있는 골렘과 힘 싸움을 벌인다.

비정상적으로 뒤집어진 중력을.

"……이까짓 것!"

몸으로 버텨 낸다.

버티고 또 버팀으로써 막아 낸다. 탱커다운 모습이었다.

그들의 희생으로 대부분의 공격을 사그라트린 그 순간.

"지금입니다!"

큰 한 방으로 만들어진 빈틈!

그 빈틈을 자라난은 확실히 노렸다. 일대일이든 다대다이든 간에 강한 공격 뒤의 빈틈은 치명적일 수밖에 없었다.

"간다!"

자라난 측도 다들 준비하는 공격은 비슷비슷했다.

천정처럼 불, 물과 같은 속성. 번개와 같은 것들을 날리는 것까지는 비슷했다. 다 함께 공격을 날리는 것도 같았다.

하지만 같으면서도 다른 차이가 하나 있었다.

후오오오—

자라난 측은 협력을 할 줄을 알았다. 훈련이 되어 있었다.

강한 이능력을 가졌다고 해서 안주하는 것이 아니라, 조화를 통해서 더 큰 힘을 낼 줄을 알았다.

물에 전류가 섞인다. 이건 기본.

몇 번의 연습을 통해 서로를 상쇄시키지 않으면서 불과 불이 합쳐져 더 큰 불을 만들어 낸다.

서로 부딪쳐서 폭발이 일어난다거나 하는 일은 없었다. 수십, 수백 번의 연습으로 만들어 낸 묘기였다.

한 가지 속성만이 아니라 여러 가지의 속성이 실린 복합적인 공격으로 변모한다.

약한 자들이 모여 강해진다는 모토를 가진 자라난다운 공격이 순식간에 만들어진다.

후우웅—

그대로 작렬!

저쪽의 탱커라고 물러나지는 않았다.

원해서 나선 전장은 아니라고 하더라도 헌터로서의 자존심이 있었다. 더 물러날 곳이 없기도 했다.

탱커로서 역할을 충실히 하기 위해 나선다.

기본적인 모습은 같았다. 각자의 방식으로 탱킹을 하기 위해서 나선다.

"……시바아아알!"

"큿."

하나 역시 역부족이었다. 탱커 진을 받쳐 주는 정상수라는 중심이 없어서 더 그럴지도 몰랐다.

어찌어찌 버티기는 하지만 역부족이다. 버티기가 힘들어 보였다. 악바리를 써 가면서 버텨 대지만, 타격을 입어 무너지는 탱커도 다수였다.

스으으으—

치유계가 나서서 치료를 해 줘 버티기는 하지만 딱 그 정도. 치유계가 없었더라면 무너질 탱커진이다.

"흐."

힘들어하는 것이 눈에 보였다.

눈에 드러나는 결과는 명확했다.

원거리 대 원거리.

단순한 힘과 힘의 대결에서 극명한 차이가 났다.

의지에서도, 전투력에서도, 합동에서도 어느 하나 천정

이 나은 부분이 없었다.

여기에 운이철은 쐐기를 박으려 했다.

“이 차 갑니다.”

지금까지 나간 공격은 딱 반. 그들이 할 수 있는 조합의 반만으로 이 정도를 무너트리는 데 성공했다.

남은 반이 다시 나간다.

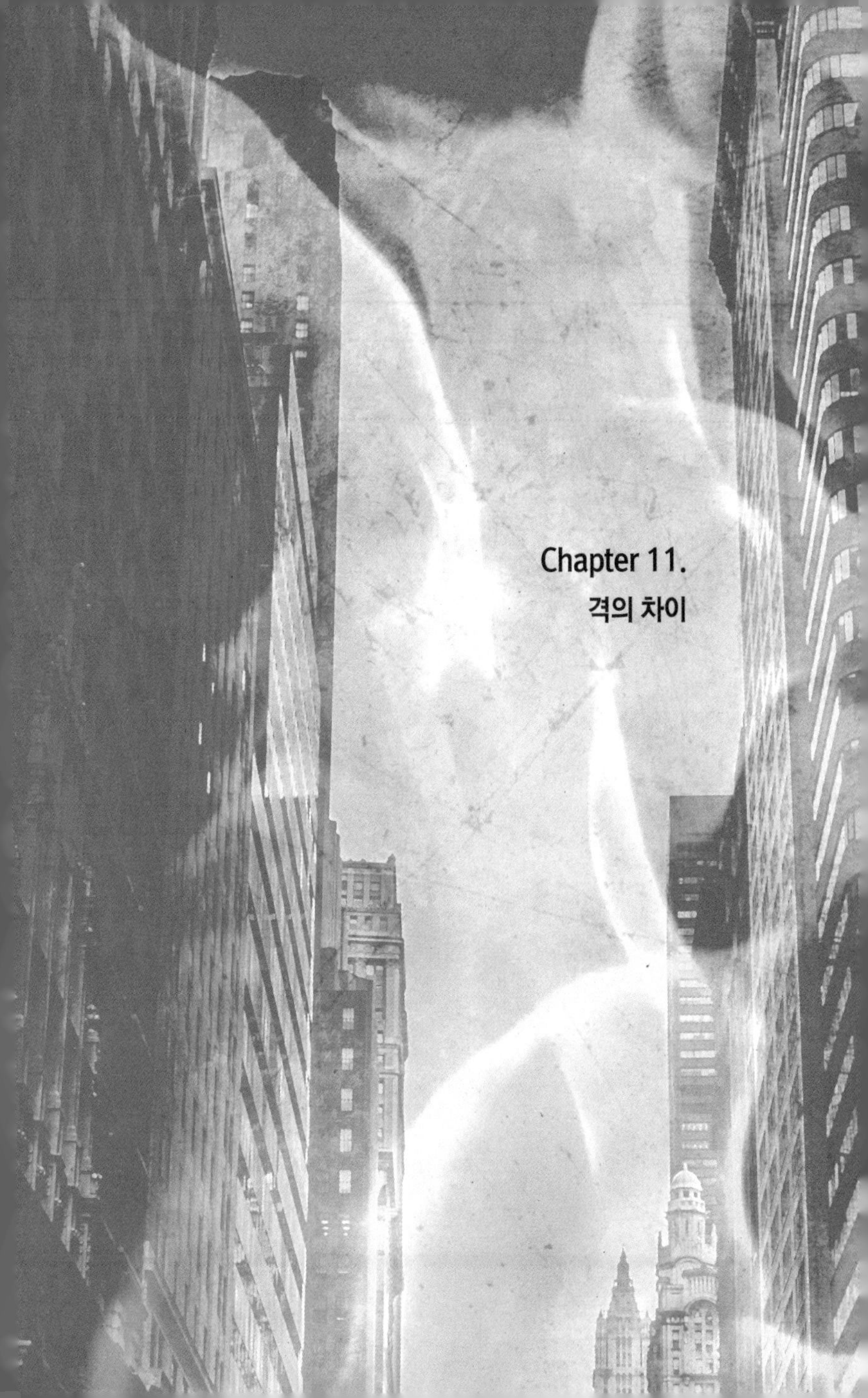

# Chapter 11.
## 격의 차이

쓰아아아악—

공격들이 다시 나간다. 이 공격이 박히게 되면 탱커진은 반수가 무너질지도 몰랐다.

치유가 들어가도 후유증이 생길 수밖에 없었다.

그 뒤에 자라난의 근거리 딜러진이 탱커들과 함께 나서면? 그때는 눈으로 보지 않아도 뻔하지 않은가.

단순한 공격 한 번으로 모든 것이 정해지려 하고 있었다.

전투 우위의 확실한 쐐기가 박히고 있었다. 이 차 공격이 작렬하는 순간 승패는 명확해진다.

하지만 그때.

"……모두 비켜!"

가만히 상황을 지켜보고 있던 심훈안이 나섰다.

탱커도 아닌 딜러지만, 그는 자신의 이능력을 방어용으로 쓸 줄을 알았다.

쏴아아아—

흡수하고 또 흡수한다.

자라난 길드원들이 날린 공격을, 그는 가감 없이 전부 흡수를 해 냈다.

어지간한 레이드급 몬스터라고 하더라도 타격을 입을 만한 공격이지만, 그는 흡수하는 데에 성공했다.

온 얼굴이 시뻘게지다 못해, 부풀어 오르기까지 했지만 막는 데 성공했다!

"저, 저!"

"하."

천정의 탱커들로서는 죽다가 살아난 셈.

잠시지만, 지금까지 쌓아 뒀던 불만이 사그라들 정도였다.

탱커들이 그러거나 말거나.

"하아앗!"

입구를 막은 수도꼭지처럼 잔뜩 부풀어 올랐던 심훈안은 바로 터트렸다!

그그그그긍—

불도, 물도 아닌 어떤 것. 여러 가지의 이능력이 기묘하게 섞였다.

탁한 어둠과 같은 빛이었다. 어보미네이션의 것과 비슷했다. 오염된 느낌이었다.

그래도 위력이 대단할 건 분명했다.

"흐으."

최상급의 헌터 중에 하나인 심훈안이 온 힘을 다해서 날린 공격이다. 위력이 낮을 수가 없지 않은가!

그그그그긍—

거대한 포탄과 같은 공격이 그대로 자라난을 향해서 작렬하려 한다.

이러한 공격은 탱커라고 하더라도 쉽게 막기 힘든 공격이었다.

헌데 그 순간.

"제가 막을게요!"

타악.

몸을 날리는 자가 있었다. 이서영이었다.

어느새가 검과 방패를 하나씩 쥐고 있던 그녀는 겁도 없이 심훈안의 공격을 향해서 뛰어들고 있었다.

공중에서 검과 방패를 교차한다.

이능력으로 만들어졌던 검과 방패가 하나로 합쳐져 촘촘한 가시가 난 방패가 된다.

그녀의 몸을 가리기에 딱 적당한 크기의 방패였다.

'커져라!'

방패에 그녀의 의지가 깃든다.

스으으으.

순식간에 방패가 그 크기를 늘리기 시작한다.

더 크게. 더! 더!

끊임없이 이어지는 그녀의 의지에 방패는 계속해서 거대해져 갔다.

심훈안의 공격을 막고도 남을 만큼!

문제는 크기만이 중요한 게 아니었다. 단순히 이능력을 이용해서 크기를 부풀리는 것 정도야 연습으로 해결을 할 수도 있었다.

중요한 건 거대한 방패에 깃든 힘의 총량!

자라난에서 날린 공격에 심훈안의 이능력까지 더해진 공격을 막아내야 했다.

고오오오오오—

밝게 빛나는 그녀의 방패와 심훈안의 어둠이 서로 부딪친다.

폭음 따위는 없었다. 다만 섞여 들어갔다. 서로가 서로를 잡아먹으려 했다.

심훈안의 어둠은 이서영의 방패를 갉아먹으려 들었다. 이서영의 방패에 박힌 가시들은 심훈안의 공격에 구멍을 뚫기 시작했다.

서로를 갉아먹어 가며 이어지는 부딪침!

화려한 폭음. 시원스러운 공격은 없다고 하더라도, 이 한 번의 공방에 어마어마한 힘이 스며 있음은 모두가 느끼고 있었다.

"……."

다들 자신도 모르게 저 둘의 공방에 집중을 하고 있을 정도.

하나 미묘하게.

"으으."

이서영 쪽이 밀렸다.

단순히 심훈안의 이능뿐만 아니라 길드원들의 힘까지 섞여 있는 게 문제였다.

생각 이상으로 힘의 총량이 컸다.

'이래서야.'

막지 못한다.

그 뒤에는 탱커들이 있었다. 또한 이 차 공격을 위해서 진격을 하던 근거리 딜러들이 가까웠다.

탱커들이야 약해진 공격을 막아 버틸 수도 있겠지만 문제는 딜러들이다.

뛰어난 재주가 있지 않고서야, 공격을 막아 내는 건 불가능한 일이었다. 타격이 분명 있을 거다.

그 순간.

"……그대로 전진!"

생각지도 못한 재명령이 떨어져 온다.

운이철의 목소리였다. 어느샌가 그도 무기를 쥐고서 근거리 딜러들과 함께 섞여 있었다.

그의 명령은 이해 못 할 소리였다.

아직 이서영이 모든 공격을 막아 내지도 못한 참이었다.

이대로 전진을 했다가 이서영이 공격을 막지 못한다면? 바로 위에서 떨어지는 심훈안의 공격을 맞아야 했다.

분명 이해 못 할 명령이다. 그럼에도.

"간다!"

"전진!"

당장은 이해하지 못 할지라도, 그들은 운이철을 믿었다.

바로 달려가기 시작했다. 위에서 어마어마한 어둠이 그들을 녹여 버릴 듯이 흘러내리고 있더라도 망설임이 없었다.

믿음으로 달려갔다.

그리고 그 믿음에 운이철은.

"이서영 씨!"

화아아아아악—

보답을 했다.

자신의 무기를 시작으로 온몸에서 흘러나오는 회색의 빛. 이제는 운이철의 트레이드 마크처럼 되어 버린 짙은 회색의 빛이 모두를 감싼다.

쿠웅. 쿵.

발을 맞춰 전진하는 탱커에게 힘을 부여했다. 무엇도 막을 수 있다는 철벽을 만들어 줬다.

"후욱. 후."

"간다."

긴장으로 또는 흥분으로 달려가는 딜러들에게는 속도를 더해 줬다.

그들의 이능력에 힘을 실어 줬다. 예리함이 부여됐다. 그거면 충분했다.

"급진!"

속도를 높여 날아드는 그들의 모습은 예사롭기 그지없었다.

마지막 백미는 바로 위!

이능력 대 이능력으로. 거대한 대결을 벌이고 있는 이서영에게로 운이철의 가장 많은 빛이 쏘아져 나갔다.

후오오오오—

용이 승천을 하듯 소용돌이치며 그녀의 온몸을 한 번 휘돈 회색의 이능력은.

샤아아아.

그녀가 아닌 그녀의 방패에 안착했다.

환하기만 하던 그녀의 거대한 방패에 짙은 회색이 스며든다. 방패는 더 어두워지지 않았다. 되레 회색을 먹어 더욱 힘을 기르듯.

화아아아악—

더 큰 빛으로 화했다. 처음보다 더 강한 빛이 흘러나왔다.

운이철의 도움 그것으로 승패는 갈렸다.

"……터져 버렷!"

콰아아아아앙—

버티고 버티던 탁한 어둠이 사그라들기 시작한다.

감히 빛에 덤벼들던 농밀한 어둠은, 결국 환한 빛을 이기지 못했다. 해가 떠오르면 하루의 반을 감싸고 있던 어둠이 순식간에 사라지듯이.

순식간에 사라져 버렸다. 마치 전에 없었던 것처럼!

*　　　*　　　*

신호탄과 같았다.

"끝내죠."

타악.

바로 공중에서 내려온 이서영의 표정은 매서웠다.

"어머."

"이쪽도 대기 중이라구요."

그녀의 옆으로 한서은과 김민희가 선다. 다들 제 몫을 하는 여인들이었다.

그녀들이 속도를 높이며 다가간다.

이미 다른 이들은 이전부터 전진을 한 지 오래이기에, 그녀들보다 앞서 부딪치고 있었다.

곳곳에서 폭음이 일고 있으며, 또 어떤 곳에서는 딜러들끼리의 난투전이 벌어지고 있었다. 급이 좀 있는 자들의 경우에는 널찍한 공터로 터를 옮겨서 일대일의 대결을 벌이고 있는 자도 있을 정도였다.

순식간에 전장이 만들어졌다.

그녀들은 그곳을 향해서 함께 뛰어가고 있었다.

"오늘은 운이철 씨한테 안 가요?"

"바쁘잖아요. 저기 보라고요."

그중에서도 가장 빛나는 건 운이철. 김민희의 말대로 운이철은 가장 선두였다.

어느덧 그는 적에게나 보이는 특유의 냉랭한 눈을 하고서는.

"썩어 가는 이능 따위 고쳐 주지요."

"할 수 있다면!"

거대한 공격을 만들어 냈던 심훈안과 마주하고 있었다.

휘이익!

짧은 말을 끝으로 이어지는 공방.

아까 그 일을 벌여 놓고도 심훈안은 어느덧 힘을 회복한 듯, 잘도 운이철의 공격을 막고 있었다.

얼핏 백중세였다.

하나 공격을 하고 있는 운이철은 다른 이들이 느끼지 못하는 걸 느끼고 있었다.

'응용인가.'

심훈안은 주변의 힘을 빨아들여 쓰고 있었다.

전투를 벌이다 보니 허무하게 스러지는 힘들. 주변에서 사용하는 이능력들. 바로 앞 운이철이 사용하고 있는 이능력까지.

잘도 흡수를 해서 자신의 것으로 응용을 하고 있었다.

'괜히 최상급이 아니라 이건가.'

흡수한 이능력을 바로 사용할 줄 알다니. 마치 숨 쉬듯 힘을 흡수하고, 숨 쉬듯 힘을 내뱉지 않는가.

전장에 수없이 많은 이능력. 각자 다른 종류의 것을 이리도 자연스레 사용하다니!

"……여기서 죽을 내가 아니라고."

"능력은 인정합니다만?"

심훈안의 능력을 인정할 수밖에 없었다.

그는 일대일의 전장. 레이드의 전장에서보다는 다수 대 다수의 전장에서 더욱 특화된 이능력이었다.

전장에서의 힘이 커지면 커질수록, 그 자신의 힘도 커지는 타입이 심훈안이었던 것이다.

이프리트와의 레이드에서와는 또 다른 면모를 보이고 있었다.

하지만 그는 한 가지 큰 실수를 했다.

전장의 모든 이능력을 끌어다 쓰더라도, 딱 하나의 이능력 만큼은 끌어쓰지 말아야 했다.

당장 바로 앞에 있는 이능력이라지만 그 이능력만큼은 피해야 했다.

그는 감히 운이철의 것을 뺏어 쓴 대가를 받아야 했다.

'덕분에 분석이 끝났다.'

심훈안에게 운이철의 이능력이 흡수되고. 흡수된 이능력이 다시 심훈안의 것으로 화해서 역으로 뻗어 나오기까지.

심훈안의 안에 들어간 운이철의 이능력은, 사라지기 직전까지 운이철의 힘이 되어 줬다. 그의 분석력을 끌어 올려 줬다.

거리가 있어도 분석을 해 내는 운이철이 아닌가.

자신의 기운을 흡수한 자의 분석은 더더욱 쉬울 수밖에 없었다.

"……바로 거기!"

푸우우욱—

방어만 하던 운이철. 수세에 몰린 듯 보이던 운이철이 순식간에 기습을 가했다.

심훈안이 전장의 이능력을 흡수하고 그 이능력을 뿜어내려는 그 순간. 그의 이능력의 중심에 바로 검을 꽂아 넣었다.

"쿨럭."

아주 잠시의 틈이지만, 그 틈에 검이 꽂힌 것은 치명적이었다.

순식간에 심훈안의 이능력이 무너지기 시작한다. 수많은

이능력을 버티게 해 주던 그의 육체가 깨어지기 시작했다.

*　　*　　*

강력한 위력을 보였던 심훈안치고는 너무도 허무한 최후였다.

모든 몸이 산산조각 났다. 안에서부터 바깥까지 조각나기 시작했다. 모든 기관이 유리처럼 깨어져 나갔다.

아무리 최상급 헌터라 하더라도 육체가 깨어지고 나서는 버틸 수가 없었다.

"크아아아아악!"

마지막 비명.

비명과 함께, 흡수했던 모든 이능력을 방출하는 것을 끝으로 폭사를 했다.

시체조차 남지 않았다. 모두 쪼개지다 못해 재가 되어 버렸다.

후우욱—

그 모든 재. 운이철이 뒤집어썼다. 피하지 않았다. 자신이 행한 일에 대한 결과를 책임지는 그답게, 자칫 불길할 수 있는 재마저도 모두 받아들였다.

순식간에 천정의 축 중 하나를 무너트리는 데 성공했다.

'운이 좋았다.'

심훈안은 분명 강력했다. 그의 능력은 전장에 확실히 특화됐다. 전장에서 힘을 얻고, 전장에서 힘을 쏟는 최상의 능력이었다.

그런 심훈안에게 운이철이 더 강했던 게 아니다. 그런 단순한 힘 대결로는 운이철이 패배했을지도 몰랐다.

다만 상성이 너무 안 좋았다.

분석을 해 내는 운이철에게, 너무 쉽게 분석당할 이능력이었다.

이능력이 강할수록 운이철의 분석에 저항을 하는 법인데, 그는 자기가 먼저 이능력을 끌어들였다.

그게 패착이었다.

흡수 후 배출하는 힘을 사용하기 위해서는 심훈안도 어쩔 수 없었겠지만, 여기는 실전이다.

심훈안은 죽음으로, 운이철은 승리로 전장의 한 페이지에 새겨졌다.

"가자."

마지막까지 재를 뒤집어쓴 운이철이 움직이기 시작한다.

*　　*　　*

재를 뒤집어쓴 운이철이 움직이는 뒤편으로 그녀들이 전장에 도착했다.

평소 심약해 보이는 이서영도 지금 이 순간만큼은 적을 말살하겠다는 굳은 의지를 보이고 있었다.

이미 이런 경험을 여러 번 한 한서은이나, 전장 자체를 즐기는 암사자 김민희로서는 신이 난 표정까지 짓고 있었다.

"도착했군요."

"그럼 미리 약속한 대로? 누가 가장 많이 잡을지를 보자고요."

"……알았어요."

그녀들은 마지막 말을 끝으로 세 방향으로 나눠 흩어졌다. 미리 정해진 듯 망설임이 없었다.

이서영은 탱커들이 있는 전선의 가장 선두로. 한서은은 뒤를 노리기 위해 전장의 측면으로 스며들어 갔다.

김민희? 그녀는 그녀다웠다.

"가자. 얘들아."

언제 따라왔는지 모를 그녀의 수하들과 함께, 산을 호령하는 여 두목이라도 되는 듯 달리기 시작했다.

손에는 어느새 대검이 들려 있었다.

본래 대검을 사용하는 그녀가 아니건만, 이번 전쟁에선

굳이 대검을 선택해 왔다.

후우우웅—

그런 주제에 잘도 멋들어지게 검을 휘둘렀다!

콰즉.

"크아아아악!"

누군가의 팔 하나를 몸과 분리를 해 주는 것이 그 시작. 그녀의 대검에 장비째로 헌터 하나가 썰려 버린다.

"좋은데?"

대검의 위력에 깜짝 놀란 듯, 흐뭇한 미소를 짓는 그녀였다.

두근. 두근. 두근.

그녀는 이 느낌을 좋아했다. 심장이 뛰는 느낌. 아드레날린이 분비되어 잔뜩 흥분되는 느낌. 전장의 짙은 피의 향이 주는 알싸함까지.

전장에서 주어진 그 모든 것들을 사랑했다.

매 전장에 뛰어들 때마다, 지금 이 순간 이곳에서 날뛰기 위해서 여태 살아 있었던 게 아닌가 싶은 그런 느낌이 들었다.

'그.'

그. 오로지 운이철을 제외하고는 오직 전장에서만 피가 끓는 느낌이었다.

그리고 그 끓는 피를 그녀는 파괴적인 방식으로 풀 줄 알았다.

"아아악!"

콰즈즈즈즉—

"죽어. 아, 그리고 너도."

푸우욱—

대검을 휘두르고 또 휘두른다.

한 번에 하나. 탱커고 딜러고 할 것 없이 그녀가 가까워질 때마다 하나가 쓰러진다.

때로는 사지가 으깨지고, 또 때로는 통째로 사라지기도 한다.

그녀가 지나갈 때마다 비명이 만들어진다.

"후후."

전장에 피의 길이 만들어지고 있었다.

* * *

"어머? 꽤 날뛰는데?"

한서은은 전투에서 흥분하는 타입은 아니었다. 다만 계산을 할 줄 알았다.

어머니인 이송아로에게 어려서부터 다져진 그녀는, 그녀

자체로 잘 만들어진 병기나 다름없었다.

여기에 한철의 장비까지 더 해진 그녀는 이미 완성된 사냥꾼이었다.

"뒤가 비었잖아."

"억!"

~~푸우욱~~

정면 승부로도 이길 수 있는 주제에 그녀는 처음부터 끝까지 뒤만을 노렸다.

만들어진 틈. 아무리 해도 피할 수 없는 틈을 노리고 그대로 검을 먹였다.

상대로선 피할 수가 없었다. 김기환처럼 주변을 느낄 줄 아는 자가 아니고서야 피하는 건 무리였다.

"큭."

아주 깔끔하게 하나둘씩 처리를 해 나갔다.

"치료! 치료하라고!"

그녀가 휘젓는 곳을 치유계가 나서서 치유로 살리려고 하지만,

"……읏."

치유계 헌터가 있는 곳조차도 그녀의 표적이 됐다.

호위를 제외하면 가장 잡기 쉬운 쪽이 치유였으니 당연한 일이었을지도 몰랐다.

그녀들이 끼어듦으로써 모두가 무너져 간다. 하나둘씩. 치밀하게. 혹은 난폭하게.

*　　*　　*

수백의 전투.

길어질 것 같았던 전투는 생각보다 빠르게 한쪽으로 기울어 갔다.

그녀들이 활약을 하는 만큼, 다른 이들도 활약을 하니 당연했다.

"……하여튼 괴물들."

괴물들이라 외치는 주제에 그의 주변엔 항상 검이 가득했다. 모두 살아 숨 쉬듯 움직이며 그 주변을 휘돌았다.

검과 그 사이. 그의 주변에는 그가 아끼는 부하들이 낄 틈도 없었다.

"쓸어."

촤아악—

오로지 검이 길을 열었으니까.

그는 그런 식으로 전투를 해 나갔다. 의지와 이능력. 그 둘만 있으면 충분했다.

곳곳에서 그런 식으로 자라난 길드에서 쌓은 이능력들의 향연이 일어났다.

지금까지 쌓인 걸 풀기라도 하는 듯 격렬하기 그지없는 축제였다.

그 축제의 건너편.

"진짜 괴물은 뭘 하고 있으려나?"

이준성이 생각하는 그가 있었다.

*　　*　　*

그어어어—!

불의 군세와 어보미네이션의 전투는 계속해서 이어져 갔다.

죽여도 죽지 않는 불과 태워도 다시금 육체를 수복해 내는 어보미네이션이기에 길어졌다.

다른 존재가 끼어들기 이전까지는 계속 같은 전투의 반복이 될 터.

결국 중요한 건 김기환과 정상수의 전투였다.

그 둘의 승패가 곧 어보미네이션 전투의 승패를 가를 상황이었다.

그걸 알기에 둘 모두 끈질기게 전투를 벌였다.

콰즉.

"……큿."

정상수는 끊임없이 부상을 당하면서도 수복하며 달려들었다.

김기환은 그런 그를 상대로 익숙해져 갔다. 전투로 성장해 가는 그답게 점차 강해져 갔다.

어쩌면 김기환의 가장 큰 무기는 불의 포식이 아니라, 계기만 있다면 끝없이 이어지는 성장이 아닐까 싶을 정도였다.

읽고 또 읽어 냈다.

살을 주고 뼈를 취하려는 정상수의 전투 방식.

힘의 소모에 상관없이 휘둘러 대는 손. 때로는 급작스레 다가오는 과한 발길질까지.

'낭비가 많아.'

아낌이 전혀 없는 공격. 광기의 흘림밖에 되지 않는 공격을 차분히 분석하고 읽어 냈다. 그리고 몸에 녹였다.

운이철과는 다른 방식이었다. 운이철은 이능력으로 말미암아 약점을 그대로 찌르고 들어가는 방식이라면! 그의 방식은 흐름을 읽어 내서, 상대를 철저하게 옭아매는 방식이었다.

"크읏!"

공격을 막아 내면서, 밀어내고. 다가오는 공격을 미리 예측해서 피하고. 만들어진 틈. 그 틈을 노렸다.

"잡았다!"

콰즈즈즈즈즉!

김기환의 검이 제대로 정상수의 몸을 갈랐다.

오른쪽 어깨에서부터 왼쪽의 복부까지. 대각선으로 그대로 갈라 버렸다. 이 정도의 상처는 전에 없던 상처였다.

푸화아아악—

갈라진 상처 사이로 피가 흩뿌려진다.

흘려진 피만으로도 어지간한 자들은 과다 출혈로 죽을 양이었다.

하지만 김기환은 여기서 끝이 아님을 알았다. 가차 없이.

'다음을 바로 해야 해.'

쉬이이익.

바로 다시 베었다. 길게 이어진 상처는 그대로 둔 채로, 내려가 있던 검을 그대로 다시 위로 크게 그었다.

왼쪽 복부에서부터 시작된 검이 왼쪽 어깨를 그대로 찢고 나온다.

그대로 둘러 나눠져야 하건만, 정상수는 어느새 수복을 하고 있었던 건지 대각선으로 길게 이어졌던 상처가 반쯤 사라져 있었다.

결국 김기환이 두 번 크게 베었음에도 몸이 두 조각으로 쪼개지거나 하는 일은 없었다.

'역시.'

그 모습에 김기환은 다시 확신을 하면서 아래로 검을 그었다.

'수복이고 뭐고. 못 하게 해 주지.'

넓은 부위를 여러 번 베어 봐야 상대를 잘라 낼 수 없는 걸 알았다.

다른 곳을 베는 동안, 이미 베였던 곳이 수복되는 것을 눈으로 보지 않았나.

바로 방법을 달리했다.

'팔이다.'

위로 쭉 뻗었던 검으로 이번엔 왼쪽 팔을 내리긋는다.

"노오옴! 큿!"

반항하듯 손을 뻗던 채로 그대로 왼쪽 팔이 아래로 툭 떨어진다.

뒤를 이어 다시 다리.

사선으로 왼 다리를 허벅지에서부터 잘라 낸다. 감히 수복할 시간도 주지 않기 위해서.

화르르륵—

검이 스쳐 지나간 곳은 곧바로 화염을 선사해 준다. 재생

할 틈도 없게 만들어 버린 것이다.

"큿."

쿠웅.

그대로 쓰러졌다. 아무리 정상수라도 왼팔, 왼 다리가 전부 몸에서 떨어지고도 버틸 재간은 없었다.

'됐다.'

김기환은 자신이 승기를 가졌음을 알았다.

이대로 목을 베어 버리면. 심장에 검이라도 박는다면 그대로 끝임을 알았다.

"쿨럭, 큭."

자신이 흩뿌렸던 수많은 피. 그 한가운데 처참하게 스러져 있는 정상수.

길고 길었던 전투였다.

지금까지 이어졌던 지루했던 전장에 끝이 보였다.

'……후.'

그를 끝냄으로써 천정 그 자체도 끝을 낼 수 있었다.

비록 처음이긴 하지만, 자신을 죽이기 위해 달려들었던 정상수이니 질긴 생을 끊어 주는 데 죄책감을 느낄 것도 없었다.

한 걸음. 단 한 걸음이 남았다.

쓰러지며 멀어진 그에게 단 한 번의 검을 선사하면 됐다.

그런데 그 순간.

"……진짜 인간이 아니었구나. 아니 포기했어."

"키킥, 키키킥."

정상수의 마지막 발악이 시작됐다.

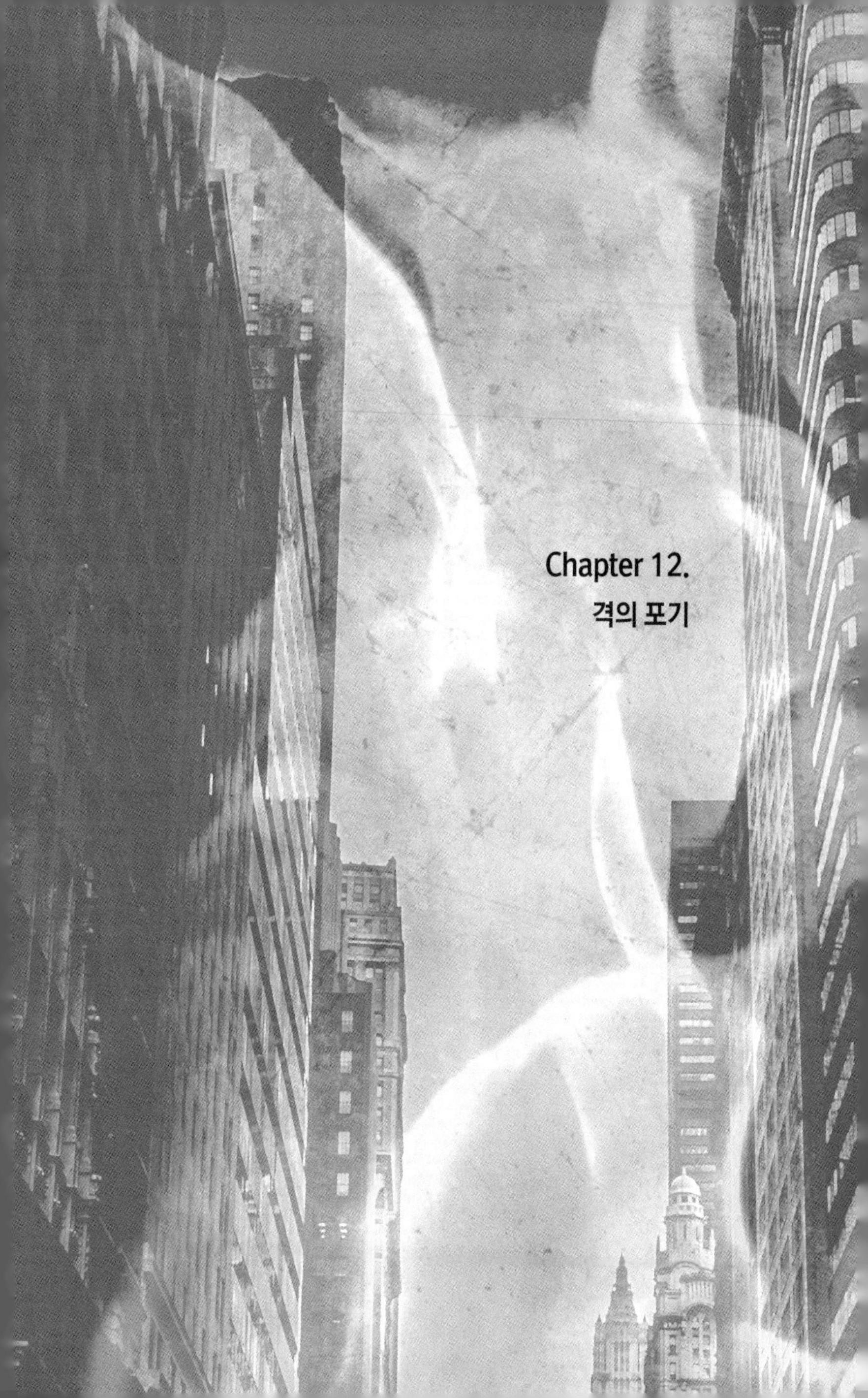

# Chapter 12.

## 격의 포기

"키키……킥…… 키익…… 그륵……."

그어어어어어.

인간의 육성. 아니 성대가 사라졌으리라. 온몸이 갈라지고 뒤틀린다. 검에 베여서 몸통에서 따로 떨어진 팔다리들도 변질되기 시작했다.

액체처럼 흐물흐물해지더니, 곧 자신의 모양을 되찾는 듯 꿈틀대기 시작했다.

여러 가지 형태로 변화한다.

오크의 팔. 야수의 것과 같은 신체. 갑각에 비늘, 깃털까지. 그가 제물로 바쳤던 것들과 비슷한 것들로 변화되고 또 변화한다.

'많이도 삼켰군.'

그러다 결국에는 부풀어 오른다. 나오는 모든 것들이 섞이며 부피를 키운다.

"……다 섞이면 결국 기워지는 거나 마찬가지란 거냐."

처음 봤던 어보미네이션과 비슷한 모습이 된다. 사람과 비슷한 크기라 어보미네이션처럼 언덕만 하지는 않았지만, 그것만으로도 충분히 혐오스러웠다.

—그어어어!

같은 사람이었다는 생각이 안 들 정도다.

검으로 벨 필요도 없다 여겼다.

"……타올라라."

화아아악—

불길을 뿜어냈다. 태워버리면 된다 여겼다. 저기 불의 군세와 싸움을 벌이는 무언가처럼.

그런데.

"어?"

푸웅!

놈이 튀어오르는 용수철처럼 몸을 늘렸다. 순식간에 땅을 박차고는 저쪽으로 몸을 튕긴다.

"피해?"

이건 놀랐다.

언덕 크기의 어보미네이션이 육체의 육중함을 이용해서 사냥을 한다면, 이건 전혀 다른 방식인 듯했다.

'작다 이거냐.'

작은 어보미네이션은 큰 놈과는 다르게 갑작스런 기습을 하는 걸지도 모르겠다 싶었다.

뒤를 노리고 갑작스럽게 치고 들어와서 공격을 하고, 시체로 만들어서 몸을 부풀리는 거다.

그런 식으로 덩치가 커지면.

—그어어어!

저 큰 어보미네이션처럼 거대한 덩치를 이용해서 사냥을 하고 말이다.

'운이철이 보면 딱 좋아하겠군.'

그라면 어보미네이션의 크기에 따른 사냥 방식을 배웠답시고 좋아했을 거다.

하지만 당장 나는 몬스터의 생태를 알고 싶어 하는 타입은 아니었다.

"가라."

후아악—

정상수를 놓쳤던 불길의 방향을 틀었다. 놈을 쫓아가도록 했다.

놓쳤다는 것에 열이 받은 건지 성난 불길이 그 어느 때보다 빠르게 운이철을 향해 갔다.

헌데 놈은.

—그륵.

자신의 몸을 희생양 삼아 던져줬다.

자신을 따라오는 화염에 몸의 일부를 던졌다.

'머리를 쓴다?'

인간이기를 포기한 주제에 지능은 특출 난 듯했다. 자신의 몸을 제물 삼아서 도망을 가다니, 살고자 하는 발악이었다. 대단했다.

하지만 그래 봤자라 여겼다.

"그럴수록 추하다고."

한때 라이벌까지는 못 되더라도, 경쟁자로서 몇 번이고 전투를 벌였던 나와 정상수 아닌가.

한때의 경쟁자가 저런 식으로 추해진 건 그리 보기 좋은 모습은 아니었다.

"깔끔하게 가라."

지루하다 못해 쓸데없는 술래잡기였다.

화아아악—

그 쓸데없는 술래잡기를 어서 끝내기 위해서 화력을 더한 순간.

—크흐흐!

말을 했다!

'미친?'

추할 정도로 도망을 가던 놈. 그 작은 몸으로 화염을 요리조리 피하면서 놈이 도달했던 곳은.

"……와, 이건 예상도 못 했다."

*　　*　　*

같은 어보미네이션의 몸이었다!

스으윽.

정상수의 몸. 아니 한때 정상수였던 자의 몸은 그 거대했던 어보미네이션을 향해서 튀어들어 갔다.

분명 핏빛으로 만들어진 갑주가 있는데도, 그 갑주를 액체라도 된다는 듯 통과해 버렸다.

—그륵?

이건 거대했던 어보미네이션도 예상치 못했던 일인 건지, 당황스러운 음성이 여기까지 들릴 정도였다.

—그륵? 그르르륵!?

당황하는 어보미네이션! 아니 어보미네이션이었던 무언가!

'편의상 검은 기사 정도라고 해 줄까.'

운이철이 여기 있었더라면 멋들어진 이름이라도 지어 줬겠지만, 나로선 무리였다.

겉모습을 보고서 중이병스럽게 검은 기사라고 해주는 게 최선이었다.

하기야 이름이 뭐가 중요할까.

얼마 전까지만 하더라도 내가 불러낸 불의 군세와 한창 자웅을 다투던 검은 기사에게 정상수가 깃들었다는 게 중요했다.

너무 자연스럽게 녹아들었다.

그 뒤로.

—그르르르르!

검은 기사는 자신의 머리를 감싸 쥐었다. 고통이 느껴진다는 듯이.

불의 군세에 불타오르면서도 끊임없이 불의 병사를 죽이고, 버텨대던 검은 기사가 처음으로 고통을 표했다.

여태까지 표했던 고통 중에서 가장 큰 고통이었다.

머리를 감싸 쥐다 못해서, 몸을 부르르 떤다.

쿠웅—

어느샌가 소환했던 검은 검도 땅에 떨굴 정도였다.

—…….

침묵이 계속된다.

"……공격."

호재다. 어보미네이션도 적. 정상수는 저기에 깃든 건지, 역으로 흡수된 건지는 알 수가 없지만, 알 필요도 없었다.

어차피 적이니까.

스으으으.

불의 군세가 다시금 전진했다.

정상수가 도망친 덕에 신경 쓸 것이 줄었다. 저 하나만 부수면 됐다. 되레 편해졌다.

단단한 내 의지가 전해진 덕분에 군세의 움직임이 더욱 정교해졌다.

스으으. 스으으.

침묵 속에서 말 없는 전진이 시작된다.

치이이익—

기사 가까이에 있던 불의 병사들은 이미 달라붙어서 기사의 몸을 태우기 시작한다.

—그어어어어!

기사가 울부짖는다. 공격이 당장 먹혀들어서가 아니었다.

이 정도에 기사의 갑주는 타지 않는다. 그랬더라면 진즉에 갑주를 태우고 기사의 본체를 공격할 수 있었을 거다.

쓰러졌겠지.

'나 때문이 아니다.'

이건 불의 군세가 아닌 내부의 문제다. 들어간 정상수가 일을 벌이는 게 분명하다.

기사와 정상수. 한 몸 같은 아군이었던 둘이서 분열이 일어난 거다.

'고통을 느끼긴 하는군.'

—그르르르!

고통을 느낄 수 있을 거라고 생각하지 못했던 기사가 부들부들 떠는 것은 꽤나 의외의 광경이었다.

군세도 버텨내고, 내 화염에 타오르면서도 덤벼들던 기사치고는 치욕스러울 광경.

시체와 다름없는 놈이 고통에 겨워하다니. 나름 신기한 광경이다. 하지만.

'신기한 건 신기한 거고.'

나는 나대로 준비를 해야 했다. 희귀한 광경에 눈이 팔릴 만큼 나는 멍청하지 않았다.

"……움직여 볼까."

*　　*　　*

몸을 부들부들 떨던 기사. 검마저 떨구었던 기사의 부들거림은 그리 길지만은 않았다.

—그르르륵!

점차 떨림이 잦아들더니.

—크흐…… 김기환!

음울한 울림과 진득한 살기가 함께 터져 나왔다. 뜻은 명백했다.

"……합체냐? 역시."

내가 만화 속의 주인공이거나, 막장극의 주인공이었더라면 엄청 놀랐을지도 모를 광경이었다.

머리로는 다 예상할 만한 상황 아닌가.

정상수가 몸 속에 들어가고, 기사가 고통스러워하는 걸 봤다. 그런데도 예상을 못 하면 그건 멍청이다.

영화나 만화 속에서는, 진행 좀 쉽게 하려고 놀란 척을 하겠지만 이쪽은 아니었다.

'그건 멍청한 놈들이나 하는 거지.'

대신에 나는 준비를 했다.

—너!?

눈을 뜬 정상수. 아니 기사와 한 몸이 된 그. 성가시기만 한 그가 눈을 뜨자마자 보게 되는 건.

"일단 한 방 맞고 시작하자. 변신 시간은 곧 준비시간이라고!"

고오오오오오오오—

작은 태양처럼 쏟아지는 거대한 크기의 불덩어리였다.

콰아아아아아앙————————

놈의 몸에 작렬한다.

*　　*　　*

—크으……

제대로 작렬했다. 바로 앞에서 그 거대한 걸 던져줬는데 피하면 그게 더 이상했다.

아까였다면 피했을지 모르겠지만.

'합친 게 패착이라고.'

차라리 놈들은 둘일 때가 상대하기 힘들었다. 하나로 합쳐지는 게 나로선 덜 성가셨다.

저 거대한 육체. 지금의 나로서는 좋은 표적밖에 안 될 노릇이었다.

'새 몸에 익숙해지기 전에 대놓고 팬다.'

지난번에도 제물을 바치고 힘을 얻은 뒤, 한참 몸에 적응하던 모습을 기억하고 있다.

자기 몸이 아닌 것처럼 몇 번 몸을 움직여가면서 별의별 짓을 다하던 걸 기억한다.

그러니 지금 당장 적응했을 리가 없다!

'그걸 노린다.'

치사하든 야비하든 간에 이기겠다는 생각밖에 없었다.

탁.

놈에게 다가갔다. 놈과 거리를 좁히면서도 나는 힘 쓰기를 멈추지 않았다.

놈에게 폭발을 하고도 남은 화염들. 주변에 번져 있는 화염을 전부를 역으로 회수했다.

—너어어어!

휘젓는 팔을 피한다.

쿠우우웅—

아슬아슬했다. 바로 옆으로 나를 못 맞추고 땅을 때린 정상수의 거대한 손이 땅을 울린다.

그럼에도 멈추지 않았다.

모든 화염을 흡수하면서 동시에, 놈의 몸에 손을 대었다.

"이제 시작이라고!"

화아아아아아악—

'될까? 됐다!'

오랜만에 사용하는 기술.

모든 열을 흡수하는 능력. 그건 역으로 말하면 모든 열을 뺏을 수 있다는 뜻!

모든 열을 빼앗는 이 능력을 오랜만에 발동시켰다.

본래는 강한 놈일수록, 이능력이 많으면 많을수록 저항을 해내기에 자주 쓰지 않던 기술이었다.

강하면 강할수록 이능력에 저항하는 저항력도 높아지는 거니, 열을 뺏는 게 보통 쉬운 일이 아니었다.

하지만 놈한테는 먹혔다. 그것도 쉽게.

나한테 열을 뺏긴다는 건 놈이 아직 자신의 몸을 제대로 통제하지 못한다는 증거다.

'멍청한 놈…….'

이건 내가 각성체를 흡수할 때와 비슷하다.

강한 힘을 흡수한다고 하더라도 제대로 흡수하지 못한다면, 힘을 흡수할 그릇이 작다면 몸은 깨진다.

그 힘을 주체할 수가 없기 때문이다.

정상수가 딱 그 꼴. 그러니 어리석다 할 수밖에.

통제하지 못하는 강한 힘보다는, 통제가 가능한 어중간한 힘이 차라리 더 낫다.

'다 뽑자.'

화아아아아악—

—크……으……

나를 때리려는 놈의 몸이 굳는다. 뒤늦게 날린 주먹이 내 몸을 향해 다가오던 속도가 점차 느려진다.

육체가 굳었다.

갑주는 여전하지만, 그 아래에 있는 기사의 몸. 기워졌던 시체들이 열을 뺏겨 굳어 버린다.

—너어! 대체!

육체와는 상관없이 놈의 거대한 울림이 전해진다. 당황해하는 것이 느껴진다.

놈이 당황해하고 얼어가는 만큼, 나의 단전에는 열기가 전해진다. 강한 힘을 사용하느라 소진된 힘이 다시 찬다.

'꽤 되잖아?'

사람의 체온도 생각보다 강한 열기가 된다. 하지만 이놈은 거기에 비할 바가 아니었다.

기워진 시체의 열은 어마어마했다. 예상외의 수확이다.

—크으으으으!

카즉. 카즈즈즉.

열기가 없으면 없는 채로 움직이려는 건가.

굳어 있던 놈의 몸이 억지로 움직이기 시작한다. 갑주에 금이 가고, 몸이 으깨지는 소리가 나는데도 움직이기 시작한다.

어찌 보면 마지막 발악.

그 발악을 나는 더 지켜볼 생각이 없었다.

"아까 말했지? 이제 시작이라고 했잖아?"

*　　*　　*

열로 가열한다. 그걸 다시 냉각시킨다. 열을 가한다. 단순한 반복.

그 하나만으로도.

'위력은 어마어마하지.'

놈에게서 빼앗은 열. 놈에게 충격타를 먹이고도 번져나갔던 열. 결코 작은 힘은 아니었다.

그 힘을 다시 내 몸으로부터 뿜어냈다.

굳이 거대한 열을 소환할 필요도 없었다. 이미 놈과 나는 붙어 있었으니까.

완전히 열을 빼앗은 뒤.

자기 몸이 망가지든 말든, 팔을 휘두른 정상수에게.

화아아아악—

다시 열기를 먹였다. 뺏은 걸 역으로 돌려서.

굳어버렸던 몸이 녹아내린다. 열기가 심어진다.

문제는 보통의 열기가 아니라는 것. 사람이라면 태워버

리고도 남을 열기가 스며들어 간다.

스으으으으—

쿠우웅!

덕분에 주먹을 날리는 데 성공했지만. 그쯤.

'피한다고.'

어설픈 몸짓이었을 뿐이다. 전력을 다했다면 모를까. 자기 몸도 가누지 못하는 놈의 공격이야 피하는 건 쉽다. 제대로 피했다.

멈추지 않았다.

피하면서도 계속해서 열기를 집어넣었다.

—크으……

온몸이 열기에 타들어 간다. 그만큼 어마어마한 힘이 들어갔다. 단전에 가득 찼던 힘이 쭈욱 빠질 정도로.

"죽겠냐? 버틸 만은 해? 응?"

들어갈 만큼 들어갔으면 됐잖아?

그럼 다음은 뭐겠어!?

—이 무슨!

스으으으으—

줬다 뺐는다. 내가 내 걸 쉽게 줄 리가 없지 않나.

타들어 갔으면 다시 토해놔야지.

열은 열을 부르는 법. 타들어 가는 몸에서 다시 열기를 뺐으니 다시금 그득한 느낌이 난다.

"계속해 보자고."

—너어!

"닥쳐. 죽어보자 오늘."

넣다가 뺀다. 그걸 계속해서 반복했다.

*　　*　　*

파삭. 파사사사삭.

몸이 깨어진다. 잘난 몬스터의 몸이라고 하더라도, 이렇게 되면 답이 없었다.

"네가 네 몸을 포기하는 순간 끝난 거라고."

—크흐…… 흐……

허무한 울림. 깊은 후회가 느껴지는 울림이다.

'멍청한 놈.'

허무한 선택을 할 줄이야.

차라리 둘이서 계속 공격을 이어갔다면. 아니 다른 수단이라도 구해 왔더라면 살 확률이 높았을 텐데.

아니 그게 아니더라도, 차라리 항복을 했더라면 달라졌을지도 모른다.

자신의 격을 포기하는 순간, 끝난 거다.

이제 놈도 한계가 왔다.

튼튼하던 갑주도 깨어진 지 오래다. 깨어진 갑주 사이로 흉물스러운 몸이 곳곳에 보인다.

온몸이 갈라진 채였다. 온몸에 거미줄이 쳐진 듯 금이 가 있다.

—……크.

더 두고 볼 일이 아니었다. 이제는.

"……끝내자."

길었던 싸움이다.

내가 그려갔던 그림. 거대한 계획을 세우고 달려 나가는 와중에, 정상수란 존재는 하나의 분기점.

생각보다는 긴 시간을 잡아먹은 분기점이지만, 결국 지나가는 길이다.

내가 발목 잡힐 길이 아니라 결국은 밟고 지나갈 길.

"고생했다."

다신 만나지 말자.

화아아아악—

온몸의 열을 끌어올렸다. 남아 있는 거의 모든 힘이었다.

깨어진 몸에 불이 피어오른다. 화염을 더 버틸 재간이 없었다. 그의 몸을 태운다. 완전히 사라질 때까지.

기워진 몸들이 사라진다. 재가 돼버린다.

발끝에서부터 머리까지. 서서히 타들어 간다. 아주 서서히.

고통스러울 텐데. 처음으로 정상수의 떨림이 잦아들었다. 웅얼거리던 울림도 사라졌다.

고통스러워하는 기색이 느껴지지 않는다. 발악도 없었다. 의외로 깔끔한 마지막.

"……."

그런 그를 가만 바라봤다. 적어도 이 마지막을 바라보는 건 예의라 생각했으니까. 그때 잠시.

—넌…… 마라.

"뭐?"

—……

분명 울림이 들렸다. 허나 듣지 못했다. 알려줘야 할 정상수는 완전히 재가 되어 버렸다.

사라졌다. 그 존재가 재가 되어 날아가고 있었다.

그런데.

"어? 뭐야?"

고오오오—

뭔가가 남았다.

거무스름한 무언가. 정석과 비슷하면서도 몬스터를 잡아서 나오는 정석과는 또 다른 거였다.

또한 어보미네이션을 작게 압축한 것 같은 덩어리 몇 개.

어보미네이션의 덩어리는 예상했던 거다. 본래부터 나왔던 거니까.

하지만 이 거무스름한 무언가는 예상하지도 못했던 거다. 그 어디에서도 보지 못했던 새로운 형태였다.

검은색의 정석이라니? 생각지도 못했던 거다.

무슨 일이 날까 몰라 조심스럽게 정석을 챙겼다.

딸칵.

굉장한 힘이 실린 그것은 의외로 아무런 반항 없이 손에 쥐어졌다. 이상한 힘이 침범해 온다거나 하는 것도 없었다.

내 손이 편한 듯 되레 힘을 죽이고는 가만 있었다. 그래도 느껴지는 힘은 보통이 아니었다.

어지간한 레이드급은 찜 쪄 먹을 만한 힘이 느껴진다.

두 옹들을 이용해서 힘을 길러가는 나 못지않은 힘이 느껴진다. 어쩌면 그 이상의 무언가가 숨겨진 것 같은 느낌이 계속해서 든다.

'대체 정체가 뭐냐.'

궁금증이 치밀어 오른다. 하지만 당장 알 수는 없는 노릇.

'……일단은 챙기자.'

조심스레 공간 장치에 우겨넣을 뿐이었다.

다행히 공간 장치에 넣고도 어떤 일이 발생하지는 않았다. 그때는 나는 몰랐다. 이게 후에 어떤 식으로 작용할지를.

그저.

"끝인가……."

마지막임을 음미하며 앞을 볼 뿐이었다.

전투의 흔적으로 만들어진 잔해. 부서진 형상들. 타다 남은 재들이 시야를 전부 가득 채우고 있었다.

모든 건 사라졌다. 남아 있던 열기들마저도 전부 내게로 들어와 귀속되어 간다.

그제서야 정말 하나가 끝났음을 느낄 수 있었다.

* * *

김기환만이 끝을 맺은 건 아니었다.

다른 이들도 전장에 있었다.

김기환처럼 일대일의 자웅을 다투는 대결이 아닌, 집단의 혈투였다.

때로 길어질 수도 있는 혈투. 하지만 그 혈투조차도 금방 끝을 맺고 있었다.

집단의 전투였지만, 압도적으로 자라난이 유리한 전투였

기에 순식간에 끝을 내는 것이 가능했다.

"크으……."

"……내 팔!"

전장이었던 곳. 곳곳에서 부상을 입은 자들이 보인다. 치유계 헌터가 나서면 되겠지만 나설 치유계가 없었다. 천정의 모든 치유계 헌터는 잡혀 포로가 된 지 오래다.

그나마 버티던 자들도 이미 이능력이 다 빠졌다. 리타이어 상태란 소리다.

그들을 치유할 자는 없었다.

모두가 꾸역꾸역 살려 달라 외치지만, 허무한 외침만 되풀이되는 상황이다.

그런 가운데.

"죽여라! 죽이라고!"

"……죽이시지요."

패기 좋게 외치는 자들이 몇 명 있었다.

천정의 길드원들은 아니었다. 그들은 전부 치명적인 상처를 입고 쓰러진 상태다.

자신들을 죽이라 말하는 자들은 특이하게도 제니스에서 파견 나온 자들이었다.

그들은 진심으로 죽음이 두렵지 않은지 굳건한 표정으로, 죽이라 말하고 있었다.

아무런 사정도 모르는 누군가 본다면 기개가 있다고 감탄을 할 만한 모습이었다.

허나 바로 앞에서 그들을 바라보는 운이철은.

"역겨운 소리 마시죠? 무슨 세뇌라도 당한 것처럼 굴어봐야 남는 건 없습니다."

"죽이라 말하지 않았나!"

"진심으로 죽음이 두렵지 않다면…… 이능력의 떨림이나 좀 멈추는 게 어떻습니까? 이미 다 보입니다만?"

분석이 끝난 지 오래. 사실 분석까지 갈 것도 없었다.

가까이서 느껴지는 그들의 떨림.

겉으로는 기개가 넘칠지 몰라도 안에서 흔들리는 이능력은 진짜였다.

이능력은 곧 시전자의 의지. 그런 이능력이 떨린다는 건 그들이 심정적으로 흔들린다는 뜻.

그런 것을 놓칠 리가 없는 그였다.

그는 죽음 대신에.

"당신들은 차라리 이게 낫지요."

푸우우욱— 푹!

연이어서 그들의 몸 곳곳에 무기를 찔러 넣었다.

신기하게도 무기에 찔린 주제에 그들의 몸에서는 피가 흐르지 않았다. 대신에.

"크아아아아아악!"

어마어마한 비명을 지르며 고통을 표할 뿐이었다. 제니스에서 파견 나온 모두가 그랬다.

단 하나만 빼고.

"……당신은 역시 특수하군요."

"……."

여인. 전투가 끝날 때까지 얼굴을 가렸던 자.

마지막에 발악하듯 이능력을 사용하니 주변에 있던 이들이 미쳐 날뛰었었다. 그녀만은 운이철에 의해 이능력이 사라지고도 날뛰지 않았다.

고통스러워하지도 않았다. 입술을 까득 씹으며, 심기가 불편함을 표할 뿐이었다.

미색은 분명 곱디곱지만 그 눈빛이 요사스러웠다.

살기, 흉포함과 함께 매혹적이게 보이는 눈빛은 분명 보통의 것은 아니었다.

고통을 참는 걸까? 그럴 수 있을 리가 없다.

아니면 미친 걸까?

'그게 맞을지도…….'

차라리 미쳤다고 해석하는 게 맞다 싶었다.

그렇지 않고서야 이능력이 몸 안에서 날뛰는데 버틸 재간이 있을 리 없다.

어쩌면 고통을 느끼지 않는 어떤 방법이 있는 것인지도 몰랐다.

어느 쪽이든 간에 운이철의 호기심을 끌었다.

"……꽤 재미있을 거 같군요."

퍼어억―

이번에는 찌른 것이 아니었다. 휘둘러서 타격을 입혔다. 기절하기에 딱 좋은 타격이었다.

"읏……."

마지막까지 표독스러운 눈빛으로 운이철을 바라보던 그녀는 결국 힘이 다한 듯 기절했다.

'……길드장님이 말한 여자가 이 여자일지도 모르겠군.'

김기환으로부터 정상수를 변화시켰던 힘, 육욕의 왕의 것과 비슷한 힘을 사용하던 여인이 있다 들었다.

이 여자일 확률이 높았다. 정황상 확실했다.

'생각지 못한 수확이군.'

그런 힘을 사용하는 여인이라면, 제니스에서도 꽤 중요한 여인 아니겠는가?

전투가 시작되자마자 도망을 칠 거라 여겼다. 그도 아니면 전투가 시작되기도 전부터 몸을 뺄 거라 여겼다.

그런데 그게 아니었다. 의외로 남았다.

호전적인 걸까? 아니다. 몸을 사용하지 않는 걸로 봐서는 전투를 즐기는 쪽은 분명 아니다.

그런데도 남아 있었다는 건 무슨 이유가 있을 거다.

'함정이거나…… 저쪽도 사정이 있거나.'

운이철은 어느 쪽이든 상관은 없다 여겼다.

적이 함정을 만들었다면 깨부수면 됐다. 적의 사정을 봐줄 필요도 없었다. 얻을 것만 얻어내면 되었다.

그러기 위한 방법쯤이야 책으로 낼 정도로 떠오르는 건 많았다.

'다소 잔인하겠지만…….'

어차피 적 아닌가. 동정은 모든 전투가 끝을 맺은 뒤에 해도 충분했다.

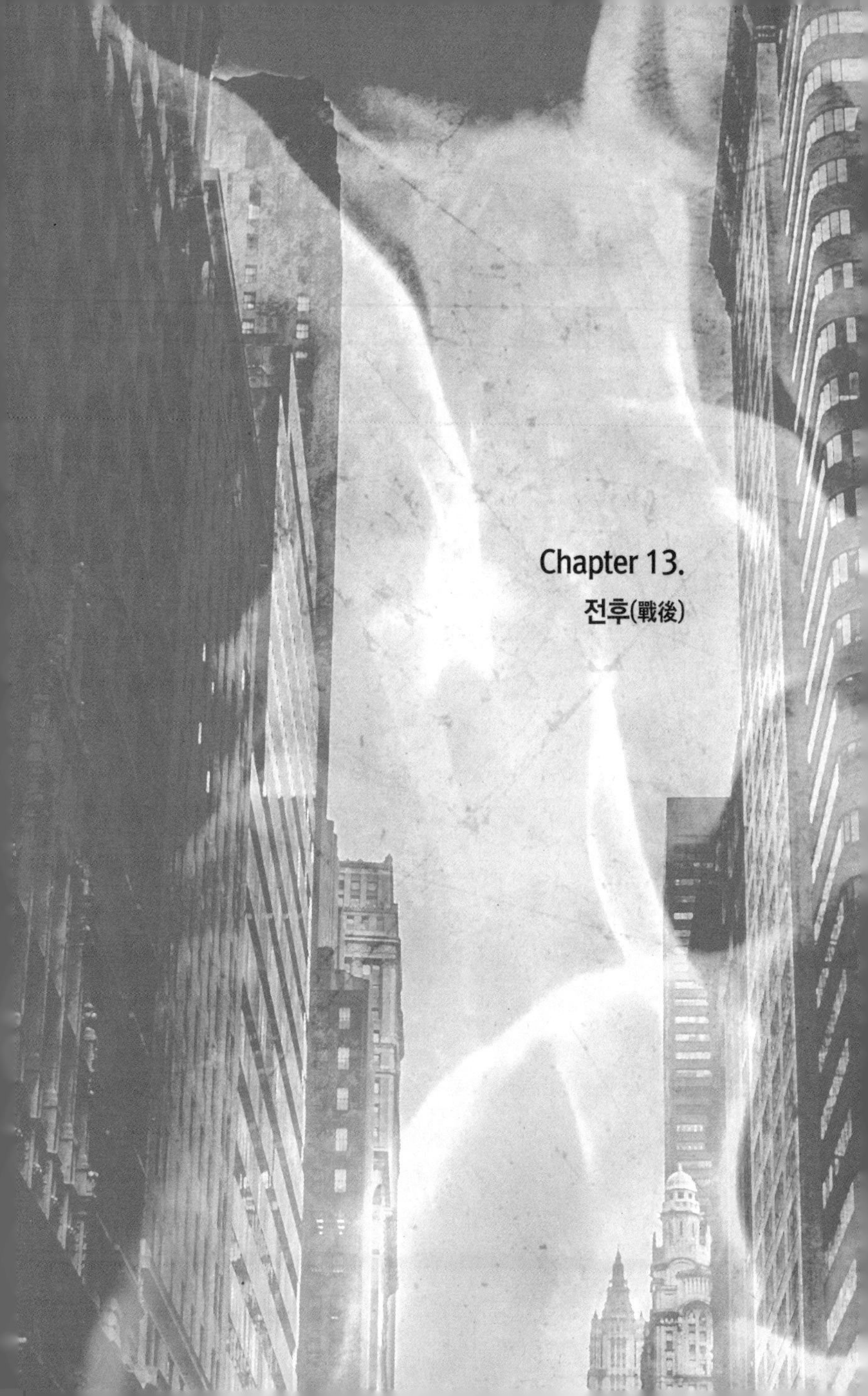

# Chapter 13.

## 전후(戰後)

제니스. 그 뒤에 있을 육욕의 왕. 왕과 연결된 많은 거대 길드들. 그들을 상대해야 할 거다.

하지만 당장, 모든 이들을 죽일 필요는 없다 여겼다.

필요에 따라 잔인해질지언정 본성까지 잔인해질 필요는 없었다. 모든 전투가 끝난 후 운이철은.

"저들 정도는 치료해 주지요. 다 죽일 필요는 없는 거니까요."

"……예!"

바로 수습을 시작했다.

쓰러진 자들에게 자비를 베풀었다. 제니스의 길드원이

아닌 천정의 길드원들에게 그 정도는 해줄 수 있었다.

상황을 봐서는 그들도 원해서 전투를 벌인 게 아니었으니까. 말려들어서 전투를 벌였을 뿐. 그들이 죄인은 아니었다.

죄인이라고 하면,

"크아아악!"

지금까지도 고통스러워 하는 자들. 제니스에서 파견 나온 자들이었다. 또한.

"당신들도 일단은 치유해 주겠습니다. 일단은요."

"……."

고개를 숙이는 채로 아무런 말도 하지 못하는 자들.

천정의 일개 길드원들이 아닌 간부들. 그들은 말려들어간 자들이 아니었다. 천정이 아닌 다른 것을 택한 존재들이었다.

길드장 정상수가 그리되도록 두었으며, 길드원들을 사지로 내몰았다. 어쩔 수 없다는 핑계를 대고 책임을 회피했다.

"어쩔 수 없었다고!"

"우리도 살려고 그랬단 말이다!"

"……조용히 하세요. 더 지껄이다가는 저도 어찌할지 모르니까요."

"……."

까득.

운이철이 이를 갈 만큼 더러운 핑계였다.

'……쓰레기들.'

어쩔 수 없다. 대세가 그렇다. 나라고 하고 싶어 하는 일이 아니다? 다 쓰레기 같은 말이다.

뭐가 어쩔 수 없으며, 대세가 어떻단 말인가. 대세는 자신들이 만들 수 없다는 말인가.

하고 싶어 하는 일이 아닌데 왜 자신도 하기 싫은 일을 남에게 강요하며 죽음으로 모는가.

모두 핑계다.

이런 자들보다는 차라리 내몰렸을지언정 끝까지 전투를 벌이던 천정의 길드원들이 나았다.

간부라고 하기엔 이들은 너무 부족했다.

사람을 이끌어가는 자는. 지도자라 하는 자는 이래서는 안 됐다.

'……절대 안 되지.'

한때는 찌질한 사람이었을지언정, 그 찌질함을 감추고 버텨야 했다.

사람이 아닌 것처럼. 아무런 무게도 안 느껴지는 것처럼 어깨에 무거운 짐을 짊어져야 했다.

모두를 책임진다는 생각으로 행동해야 했다.

공과 과실은 함께 하되, 잘못이 생기면 자신이 책임져야 했다. 그 책임을 남에게 미뤄선 안 된다.

그게 지도자다. 그게 책임자다.

"여어!"

그런 존재가 운이철에게는 저기 저곳에서 아무런 일도 없었던 것처럼 해맑게 웃으며 들어오는 김기환이었다.

처음에는 최하급. 이어서 하급. 찌질함으로 잔뜩 무장을 해놓고서는.

어느새부터인가 운이철 자신을 포함하여 모든 인연이 닿은 자들을 책임지고 있는 자가 김기환이었다.

누군가는 찌질했던 그가 무엇을 하겠느냐고 비웃기도 했지만, 운이철에겐 그런 건 상관없었다.

자신이 대단하다며, 허세를 부리는 자보다 김기환이 나았다.

온갖 이력으로 무장을 하고, 대단한 이능력이라고 씨불여대는 여기 눈앞의 쓰레기들보다. 부족할지언정, 끝까지 모든 것을 안고 가려 하는 김기환 자가 지도자에 걸맞았다.

사람을 이끄는 자는 조금은 모자라도 상관없었다.

그 모자란 건 운이철 같은 자가 채워주면 됐다. 인간은 어차피 완벽하지 않으니까. 그 완벽을 채워줄 이들만 있으면 됐다.

차라리 부족할지언정.

'끝까지 책임지려 하는…….'

때로는 미친 짓이라고 말하면서도 목숨을 걸고 뭔가를 이뤄내려고 하는 김기환과 같은 자가 지도자였다. 그만의 길드장이었다.

운 좋게 이능력을 얻었다고 해서, 으스대는 자. 재수 좋게 부모가 길드장이어서 그 자리를 이어받는 자.

그런 자들보다 차라리 저런 이가 나았다.

꽤 괜찮지 않은가? 저런 자도.

'어느새 커버렸다니까.'

같이 성장하는 김기환 같은 자도 말이다.

"잘 생각해 보시지요. 당신들 같은 쓰레기들을 살려주는 이유가 무엇일지. 당신들을 어디에 쓸지……."

한때의 찌질했던 김기환이 놀란 눈을 하며 다가오는 운이철에게로 향한다.

그런 운이철의 뒷모습을 천정의 간부였던 자들은 멍한 눈으로 바라본다.

그 틈에 섞여 있는 진찬수는 의미 모를 다른 눈빛을 하고 있었다. 오직 그만이 다른 이들과 다른 형태의 눈을 하고 있었다.

'……형님.'

무언가 결심을 했을지도 몰랐다.

*　　*　　*

운이철이 다가오니, 김기환이 반가운 표정을 짓는다.

전투의 흔적으로 방어구 곳곳에 재가 묻어 있는 가운데에서도 그의 표정은 환하기만 했다.

그런 김기환을 바라보며 운이철이 무슨 생각을 했을지는, 오직 그만이 알 일이었다.

먼저 입을 여는 쪽은 김기환이었다.

"역시 이쪽도 전투였던 겁니까? 설마 정말로 싸움을 걸어 올 줄은 몰랐는데요."

"그만큼 저쪽도 애가 탔다는 거겠죠."

"흐음…… 이렇게 되면 생각보다 빨라지겠군요."

"그렇죠."

빨라진다는 것. 좋은 의미는 아니었다. 그들의 계획이 타인에 의해서 빨라진다는 의미였으니까.

난이도가 올라갔다.

"……언제 우리가 쉬웠던 적 있겠습니까."

"흐흐. 역시 그렇죠. 항상 어려운 길이었지, 안전한 길이었던 적이 있었습니까. 움직여야죠."

"그래도 성과는 있습니다."

"성과요?"

"예. 따라와 보시지요."

*　　*　　*

전장의 수습이 쉬울 리 없었다. 수만은 아니더라도 기백이 벌였던 전투였다. 나름 큰 전투다.

"크흐……."

화아아아악—

곳곳에서 이능력의 빛이 흘러나온다.

전투적인 빛이 아닌, 보는 이의 마음까지 포근해지는 빛이다.

'이서영 씨 게 조금 특이하긴 하지.'

포근함. 특수한 경우를 제외하고는 치유계 이능력들의 특징이다.

"가, 감사합니다."

"……흐으."

자라난 길드의 치유계가 힘이 남았기에 망정이지, 그게

아니었더라면 저들 중 다수가 죽었을지도 모른다.

어쩔 수 없이 죽은 자들도 있기는 하지만 꽤 많은 자들이 살아남았다.

"일부러 살려줬죠?"

"사정을 두기는 했죠. 저들 사정도 뻔하니까요."

"뻔하다라…… 그도 그렇긴 하죠."

일부를 제외하고는 모두가 원해서 한 전투가 아니었다. 그걸 모두가 안다. 그렇기에 사정을 뒀을지도 몰랐다.

그래도 압도적인 힘이 없었더라면 이렇게 사정을 두는 것도 무리였을 거다.

여기에 있는 자들 모두. 특히 자라난 길드의 간부들은 길드원들이 가장 먼저다.

천정이 조금만 더 강했더라면, 사정을 두기 힘들 정도의 맹적이었더라면 제대로 살수를 펼쳤을 거다.

모두 전멸을 시켰을지도 몰랐다.

살리는 것보다는 죽이는 것이 전장에서는 더 쉬운 일이니까.

"고생했네요."

"……당연히 해야 할 일이었죠. 저희라고 최선의 선을 넘을 순 없으니까요."

"최선의 선이라……."

최선의 선. 살인을 의미했다.

"그나저나 정상수는 어찌 되었습니까?"

"죽었습니다. 그에 대해서는 할 일이 많긴 하죠."

"역시…… 그리됐군요."

말을 이어가며 계속해서 이동을 한다.

하염없이 이어질 것 같았던 대화도, 어떤 장소에 도착을 하고서야 끝을 맺었다.

"여긴가요?"

"예."

앞은 허웅을 비롯한 길드의 간부들이 지키고 있었다.

"다들 괜찮아?"

"……안 괜찮으면 어쩌겠냐. 버텨야지."

"너 없어도 잘했어 임마."

다들 전투를 벌인 덕분에, 옷 곳곳에 피가 튀어 있는 상태로 지키고 서 있었다.

피곤함이 가득한데도 굳이 간부가 지키다니. 궁금증이 치밀어 오를 수밖에 없다.

"……나름 보안이 철저한데요?"

"후후. 좋은 걸 얻었다고 하지 않았습니까. 지켜야죠."

"지킨다라. 어디 한번 들어가서 보죠."

"얼마든지요."

*　*　*

"어?"

안으로 들어가자마자 진심으로 놀랐다.

'이 여자가 왜?'

처음 보는 얼굴은 아니었다. 전에 한번 봤던 여자다. 정상수에게 몬스터를 제물 삼아 힘을 줄 때 이 여자가 중앙에 있었다.

그런 여자가 잡혔을 줄이야. 정말 생각지도 못했다.

"정말 뜻밖에 수확이네요?"

"그렇죠."

대답을 하면서.

투욱. 툭.

운이철은 그녀에게 다가가 볼을 툭툭 쳤다.

꽤 아름다워 보이는 여인인데도 운이철은 거침이 없었다. 하기는 적이라면 남자고 여자고 가리지 않는 건 당연하니 이상한 모습은 아녔다.

"깨어난 거 압니다만?"

"……치워라."

바로 반응이 왔다.

뜨여진 두 눈에는 표독스러움이 가득했다. 그러나 그 눈을 보다 보면 나도 모르게 매료되는 느낌이 든다.

'뭐야 대체.'

유혹이라는 이능력이라도 가진 걸까. 아니면 여자 쪽이 미모가 뛰어나서일까. 알 수는 없다.

하기는 당장 그런 게 중요한 게 아니었다.

그녀의 미모보다도 그녀의 안에 들어있는 게 중요했다. 이를테면 그녀의 지식.

꽤 신사답게 다가가서 알아내려 했건만.

"차분히 이야기 좀 나눠보지요. 들어야 할 게 많으니까요."

"퉷!"

"……흠."

그녀의 반응은 날카로웠다.

다짜고짜 침을 뱉다니. 이능력으로 안 되는 걸 아니 기분이라도 더럽게 하자는 걸까?

생긴 것과는 다르게 참 대단한 여자였다.

기분을 나쁘게 만들고 싶었던 거라면 성공했다. 깔끔스러운 운이철로서는 꽤 심대한 타격이 됐을 거다.

"……이거 좀 강하게 나가야 할지도 모르겠군요."

"얼마든지! 할 수 있다면!"

분위기가 상상 이상으로 무거워져 간다.

"흐음……."

하지만 내가 보기엔 그녀에게서 얻을 걸 얻어내는 건 좋지만, 당장은 그럴 분위기가 아녔다.

어차피 그녀는 다 잡은 물고기가 아닌가. 우선은 전장의 수습이 먼저고, 나머지는 돌아가서 얻어도 됐다.

심각해져 가는 운이철을 말릴 생각으로 다가가는데.

"자자. 일단은…… 어?"

우웅— 우우우웅—

나의 몸에서 생각지도 못한 공명음이 들려온다.

"뭡니까?"

"이게 대체?"

알 수 없는 현상이었다. 대체 뭐가 반응을 하는 걸까.

그런 가운데 나는 분명히 봤다.

"……."

아무런 말도 하지 않고 있지만 그녀의 눈이 떨렸다. 분명히!

〈다음 권에 계속〉